목말 카페

목말 카페

발   행 | 2021년 1월 4일
저   자 | 임영아
펴낸이 | 한건희
펴낸곳 | 주식회사 부크크
출판사등록 | 2014.07.15.(제2014-16호)
주   소 | 서울특별시 금천구 가산디지털1로 119 SK트윈타워 A동 305호
전   화 | 1670-8316
이메일 | info@bookk.co.kr

ISBN | 979-11-372-3086-6

CAFE MOKMAL

목말 카페

임영아 지음

BOOKK

CONTENT

머리말

얼그레이 향이 가득한 작업실에서 글을 씁니다.

나는 커피 향도, 홍차 향도 좋아합니다.

좋아하는 골목에 들어가면 커피 향이, 제 작업실에는 홍차 향이 납니다.

여유가 있다는 건 금전적 여유만을 이야기하진 않습니다.

때론 좋아하는 향을 맡는 여유도 중요하다고 생각합니다.

추운 겨울에 홍차를 마십니다.

따뜻하게 덥힌 쿠키와 진하게 우려낸 홍차, 그리고 약간의 잼.

이렇게 나는 추운 겨울에도 글을 쓸 수 있는 힘을 얻습니다.

추운 겨울이 지나고 봄이 오고 여름이 오면 시원하고 달콤한 홍차 라떼를 마셔볼까 합니다.

-좋아하는 작업을 하며.

제1화 목말 카페

"어서 옷쇼! 목말 카페입니다!"

　나는 독특하고 쾌활한 억양의 중년 남성의 목소리를 듣자마자 한 발짝 뒤로 주춤했다. 카페 입구에 들어가자마자 저 멀리 보이는 카운터 바 테이블에서 목소리가 들렸지만, 주전자인지 도자기인지 모를 길쭉한 기구에 가려져 사람의 모습은 보이지 않는다. 어린아이 몸통만 한 특이한 장식품을 보며 나는 완전히 카페 안에 들어가지 못한 채 내가 들어온 공간이 조용한 분위기의 카페인지, 차분한 분위기의 펍인지 고개를 살짝 돌리며 확인한다. 나 외의 손님이 없는 카페여서 제대로 된 확인이 힘들었지만, 커피 볶는 향이 진한 걸 보아 분명 카페다. 내 의심을 한 번 더 확인할 수 있도록 카운터에는 친절하게 원두 가득한 유리병들이 놓여있다. 동화 속에 나오는 전원주택 같은 가게 외관에 홀려 이 나무색과 파스텔 톤 하늘색이 섞인 공간에 들어오기 전만 해도 이 카페의 분위기를 종잡을 수가 없었다. 카페 창문 선반에 하늘색 색상의 목마가 전시되어있는 아기자기하고 조용한 카페라고 생각했지만, 막상 문을 열어 들어온 공간은 상상한 분위기와 미묘하게 달랐다.

"혼자 오셨나요? 저기 창가 쪽은 어떠신가요?"

처음 들었던 특이한 억양의 인사와는 달리 차분한 억양의 중년 남성 목소리가 들리자 나는 대답을 하기 위해 고개를 돌렸다가 작게 놀란다. 목소리의 주인은 한 명이었다. 40대 후반 50대 초반쯤 되었을까. 백금발의 외국인 카페 주인이었다.

카페 주인은 처음 들었던 인사말 외엔 아주 능숙한 한국어로 손님을 맞이하고 주문을 받을 준비를 한다. 한국에서 산 지 오래되었는지 단순히 목소리를 듣기만 했다면 주인이 외국인이라고는 생각 못 할 한국어 실력이었다.

185㎝는 족히 넘어 보이는 큰 키에 나이 때문인지 원래부터 백금발이었는지 모를 머리카락 색, 따뜻한 노란 기가 도는 카페 조명 때문에 정확한 색 구분은 어렵지만 투명한 회색 눈동자를 가진 외국인 카페 주인을 바라보았다. 동화 속에 나올 법한 아기자기한 카페 가게 외관과 인테리어지만 중년의 외국인 아저씨가 운영한다고는 생각하지 못한 조합이었다.

'내가 편견이 심한 편이었나…? 중년 외국인의 아기자기한 카페는 처음 봤어. 여기 괜찮은 거지?'

나는 처음 본 조합에 내 편견을 탓하였다. 부산 산 지 꽤 오래되었고, 외국인이 운영하는 가게는 몇 번 가본 적이 있었다. 하지만 중년의 외국인이 운영하는 아기자기한 카페는 가본 적이 없었다. 아니, 어쩌면 현재는 국제사회니까 외국인이 아닌 한국인일 수도 있다는 생각이 들었다. 어찌 됐든 카페에서 커피만 마시면 되는 것 아닌가. 나는 낯선 조합의 공간과 분위기에 적응해보기로 한다.

부산. 꽃향기가 가득한 봄날의 어느 날. 그리고 새로운 시작을 맞이하는 봄의 어느 날. 대학가 카페 골목 구석에 있는 카페에 들어가게 된 어느 날. 차분한 하늘색의 벽과 진한 파란색 문의 〈목말 카페〉에 들어간 어느 날.

목말 카페가 위치한 부산의 남구 대연동은 대학가로 늘 활기찬 곳이지만 큰길을 벗어나 골목으로 들어가면 거짓말같이 조용한 분위기로 변한다. 옛날 이곳에 살았던 사람들의 흔적을 보여주는 주거공간이 그대로 남아있는 곳도 있었다.

목말 카페는 창문이 많아 따뜻한 햇볕을 듬뿍 받는 곳이었다. 카페 외관과 인테리어는 아기자기하지만, 유동인구가 많은 카페 골목 중심 거리와는 다소 떨어져 있어서인지 손님이 나 한 명뿐이다.

벽도, 입구 문도 여러 톤의 하늘색의 공간으로 한 발짝 들어가면 먼저 공간 가득히 커피 향이 코를 자극한다. 커피 향이 먼저 스쳐 지나가면 뒤이어 찻잎의 냄새가 난다. 우드톤 카운터 바 테이블과 키친 그리고 2인 테이블이 있는 복층의 홀이 한눈에 보인다. 주택집 하나를 통째로 카페로 개조하였는지 마치 작은 동화 속 집에 들어온 기분이다. 1층의 홀은 2인 테이블들로 이루어져 있어 유동적으로 손님의 자리를 조절할 수 있다. 4인 이상의 큰 테이블들은 1층에 있는 개별 실에 들어가 있어 사생활을 중시하는 손님에게 좋아 보인다. 2층 복층의 위치엔 1층과 마찬가지로 2인용 테이블이 있어 2층 또한 마찬가지로 유동적으로 손님을 조절할 수 있어 보인다. 그 옆엔 작은 개별실 문이 빼꼼 열려 있었는데, 카페 주인의 작업실인지 큰 이젤과 새하얀 캔버스가 하나 놓여있다. 이국적인 인테리어의 모습에도 포근함을 느끼는 건 카페 공간 안 곳곳에 귀엽고 아기자기한 장식물들이 놓여있어 호기심을 자극하기 때문이었다.

나는 1층 창가 가까이 위치한 2인 테이블에 앉기 위해 하늘색 의자를 빼낸다. 테이블 위에 하늘색 커버의 메뉴판이 놓여있다.

아메리카노, 카페 라떼, 모카 라떼 등, 어느 카페에 가도 있는 기본 메뉴들이 먼저 눈에 보인다.

'...러시아식 홍차…?'

나는 메뉴판을 읽다가 '러시아식 홍차'라는 단어에 시선이 멈췄다. 익숙한 메뉴들 사이 익숙하지 않은 메뉴였다. 익숙한 기존의 카페 음료들과는 달리 러시아 홍차가 뭔지 잘 모르는 사람들을 위해 친절하게 사진까지 나와 있다.

사진 속의 홍차는 홍차 찻잔 외에 작은 잼 그릇이 옆에 놓여있다.

'이게 러시아식 홍차인가?'

내가 사는 부산은 국제 항구가 있어 러시아인들을 아주 가끔 보기는 하지만 그들의 식문화는 생소했다. 그래서 홍차라고 한다면 영국이나 다른 서양 쪽의 홍차를 생각하곤 했다.

'홍차는 많이 마셔봤는데, 러시아 홍차는 마셔본 적이 없네.'

러시아식 홍차가 어떤 것인지 호기심을 자아내었다. 어쩌면 이 카페 주인의 국적이 러시아일지도 모르겠다는 생각에, 나는 늘 먹던 커피 대신 러시아식 홍차를 주문해보기로 한다.

"러시아…. 식…. 홍…. 홍차 주세요."
"네!"

덜컥 러시아식 홍차를 주문하자마자 카페 주인의 표정이 밝아진다. 자신 있는 메뉴였던 걸까. 카페 분위기가 한층 밝아진 듯한 기분이 든다.

　나와 카페 주인 외엔 아무도 없는 카페에서 달그락거리는 소리가 들린다. 살짝 카페 주인의 콧노래도 들리는 듯했다. 층고가 높은 복층 인테리어여서인지 소리가 더 울리는 듯하다. 나는 가방에서 이력서를 쓰기 위해 노트북을 꺼내려다가 다시 집어넣었다. 오늘 하루만큼은 고요한 하루를 보내고 싶었다. 그렇게 마음을 먹으니 조용한 카페에서 오랜만에 평화로움을 만끽하는 기분이 들었다. 잠시 두 눈을 감고 창가에서 내리쬐는 햇살을 느껴본다.

　평일 오후 2시. 내 또래의 직장인이라면 직장에 들어가 있을 시간이었다. 취업준비생인 내가 이런 사치를 부려도 되는 걸까? 죄책감을 가진 채 평화로움을 느껴본다. 머릿속에 작은 불안감이 생기자 불안감을 떨쳐내기 위해 주변으로 시선을 돌린다.

　머리를 살짝 흔들던 내 시야에 벽면 선반 위에서 하늘색 안장을 하고 있는 목마(木馬)가 들어왔다. 나무로 된 목마 아래 조금이라도 건들면 흔들릴 듯한 흔들의자의 둥근 다리가 있다. 그 옆엔 놀이동산에서 자주 보던 회전목마의 나무 모형도 보인다. 알록달록한 목마들이 당장이라도 빙글빙글 회전할 것만 같다. 카페의 메인 컬러가 하늘색이어서 그런지, 주인의 취향인 것인지 전체적으로 하늘색의 목마 모형들이 많다.

　목마가 가득한 '목말 카페'에서 '목말'은 무슨 뜻일까 하고 의문점을 가졌다.

하늘색 카페안 장식된 장식품들은 모두 '목마(木馬)'들이었지만, 카페 간판에서도, 메뉴판에서도, 심지어 카페 카운터에서도 'CAFE MOKMAL'이라고 정확하게 적혀 있었다.

'카페 주인이 전하고 싶었던 건 '목말'이 아니라 '목마' 아닌가? 단어를 착각한 건가?'.

내가 알고 있는 '목말'이란 단어는 '무등'이란 단어로도 표기가 되는 말이었다. 아무리 생각해도 남의 어깨 위에 올라타는 '목말'과, 나무로 만든 말을 뜻하는 '목마'는 전혀 다른 뜻이었다. 어쩌면 외국인이기 때문에 단순히 표기 실수를 하였나 하는 생각이 들기도 하였다. 내가 그렇게 생각하게 된 계기는 '목말 카페'의 목말의 'ㄹ'부분과 영어 표기의 'MOKMAL'에서 'L'부분이 다른 색으로 처리되어있기 때문이었다.

'뭐, 한국에 오래 살아도 소소한 단어나 문법 같은 건 틀릴 수도 있지.'

장소와 음료 맛만 좋다면 카페 이름은 큰 의미로 다가오지 않았기 때문에 나는 느긋하게 러시아식 홍차를 기다리며 창밖을 바라본다. 창 유리창에 내 모습이 비치자 조용히 비친 모습을 감상한다. 햇살은 여전히 내리쬐며 봄날을 알리는데, 창문에 비친 내 표정은 그다지 좋지 않다.

몇 개월째 계속되는 취업 실패로 인해 지출을 줄이고자 작년에 미용실에서 큰맘 먹고 숏컷을 했던 머리는 벌써 어깨까지 자라있다. 벌써 시간이 이렇게 흘렀나 싶어 애꿎은 머리카락을 살짝 당겨본다.

화장품 금액대가 부담스러워지자 필요할 때 외엔 화장하지 않아 화장기 없는 피부였지만 답답함이 가시고 한결 시원해진 기분이 든다. 하지만 시원하게 달라진 모습과는 달리 불안한 마음은 여전히 가슴 한가운데에 자리 잡고 있었다. 그리고 불안한 마음은 결국 밖으로 나와 내 표정에 고스란히 드러나게 되었다.

나는 홍차를 기다리다가 결국, 이력서를 쓰기 위해 가방에 넣어놨던 노트북을 다시 꺼낸다.

"으악."

카페 주인의 작은 외침과 동시에 카운터에서 와장창 요란한 소리가 난다. 무언가 쓰러지는 소리였다. 손님이라곤 나밖에 없는 조용한 카페에 카페 주인의 작은 비명만이 들렸다.

"어이쿠. 놀라게 해서 죄송합니다. 아…. 깨졌네…. 아깝다. 그래도 불은 안 나서 다행이야…."
"괜찮아요?"

나는 깜짝 놀라 자리에서 벌떡 일어서며 말한다. 상황을 보니 카페 주인이 찻잎과 찻잔을 준비하다가 실수로 카운터에 있던 길쭉한 주전자를 쳐버린 것 같았다.

"사모바르(*러시아의 물 끓이는 주전자)가 깨져서 홍차를 못 만들게 되었어요. 죄송합니다. 혹시 다른 주문으로 변경 가능할까요?"

방금까지만 해도 러시아식 홍차 주문으로 밝았던 주인은 기가 죽은 듯 나에게 미안한 얼굴을 하며 조심스럽게 묻는다.

"....괜찮아요…. 그럼 메뉴판…. 다시 보…. 보고 주문할게요. 다친 곳은…. 없나요?"

나는 자신도 모르게 예의상 말을 내뱉는다. 표정의 변화 없이 예의상의 말을 내뱉는 것. 전의 서비스업 아르바이트를 하며 생긴 습관이었다.

외국인 주인이 말하는 '사모바르'라는 것이 뭔지 궁금했지만, 홍차 끓일 때 쓰는 다구(茶具) 중의 하나라고 대충 어림짐작하고는 재주문을 위해 메뉴판을 다시 본다.

큰일도 아닌 것에 자신의 감정을 소모한다는 것이 피곤했다. 나는 이대로 그냥 나갈까 하고 덜컹 의자를 끌며 일어서자 외국인 주인이 깜짝 놀라 내 쪽을 쳐다본다.

"아…. 주문하려고요……. 아메…. 아메리카노요…. 아이스로…."

주인과 눈을 마주치자마자 메뉴판 페이지를 펼쳐 맨 앞에 보이는 아메리카노를 시킨다.

손님 없는 카페에서 홀로 일하는 카페 주인이었기 때문에 동정심이라도 생긴 걸까.

아메리카노는 익숙한지 금방 나왔다. 나는 커피를 마시며 살며시 카운터쪽을 바라본다. 화려한 무늬의 기다란 주전자 하나가 여전히 굴러다니고 있고, 카페 주인은 접시에 무언가를 열심히 담고 있다. 내 주문을 받느라 미처 다 치우지 못한 것 같았다.

"제가 카페 일이 아직 안 익숙해서 죄송합니다…. 이건 서비스로 드릴게요."

테이블에 먹음직스러운 초콜릿 수제 쿠키 접시가 올려진다. 진한 초콜릿 향이 코를 자극한다.

"가…. 감사합니다."

내 감사 인사말을 듣고 난 뒤에서야 카페 주인은 떨어뜨린 주전자를 정리한다.

나는 쿠키를 오물오물 씹으면서 카운터를 바라본다. 카페 주인이 말한 대로 카페 일이 안 익숙해 보였다. 하지만 그런 것 치고는 카페가 적어도 몇 년은 돼 보였고, 군데군데 정성스러운 손길이 닿아있었다.

'예전엔 다른 사람이 카페 운영을 한 걸까. 그럼 최근에 카페를 인수한 것일지도 모르겠네.'

달콤한 과자가 입에 들어가서일까. 머리를 쓰며 괜히 추리를 해본다.

"주전자가…. 독…. 독특하네요."

이 호기심을 해소하기 위해 힌트가 필요했다. 나는 주전자를 가리키며 묻는다.

"이건 사모바르라고 해요. 러시아식 다구(茶具)죠."
"멋…. 져요…. 꼭 예술품…. 같아…."
"러시아 홍차를 못 마시게 되어서 미안해요. 다음에 오셨을 때 제가 꼭 러시아 홍차를 해줄게요. 무료 서비스로 한 잔 드릴 테니 꼭 와주세요."

내 말에 기분 좋아진 걸까. 홍차 무료 서비스라니. 카페 주인은 마치 나에게 러시아식 홍차를 마시게 하고 싶어 하는 것 같았다. 그만큼 자신 있는 걸까. 혹은 카페 주인이 러시아와 관련 있는 걸까.

"러시아…. 사람이에요?"

"네. 러시아에서 왔어요."

"한국에 온 지…. 얼마나 됐어요?"

"곧 27년 되네요. 허허. 생각해보니 꽤 오래되었네요."

나는 카페 주인의 말에 조금 놀랐다. 생각보다 훨씬 오래된 한국 체류기 간에 언어 소통에 대한 부담감은 줄어들었다.

"…"

"…."

하지만 문제는 내 대화 능력이었다. 취업 준비만 매진하느라 누군가와 대화다운 대화를 해본 일이 없어 호기심은 앞서지만, 말이 잘 나오지 않는다.

정해진 대화 테두리 안에서 말했던 아르바이트와는 다르게 대화하는 법은 점점 잊혀졌다. 머릿속에는 대화로 내뱉고 싶은 생각이 한가득인데 입 밖으로 나오질 못한다. 기약 없는 취업 준비를 하며 생긴 내 약점이었다.

남들에게 말하기 힘들었던 내 약점.

누군가와의 긴 대화가 점점 힘들어진다는 것이었다.

몇 번이나 입을 오물거려보지만, 말이 제대로 나오지 않는다. 머릿속이 점점 검게 변하는 기분이었다. 침묵이 길어진다. 가슴이 두근거리며 호흡이 가팔라진다. 빨리 말을 해서 이 침묵을 깨고 싶었다.

"..제가…. 말을 잘하지 못해요……. 원래 이렇진 않는데……. 긴 말은 자꾸 더듬어요….."

난 결국 처음 본 사람에게 내 약점을 입 밖으로 말한다. 비참했다. 이 약점 때문에 번번이 면접에서 내 할 말 제대로 못 하고 떨어졌다는 것을 인정하기 싫었다. 여기가 면접장이 아닌데도 대화를 하는 이 순간에 얼굴이 점점 달아오른다.

"그래요? 괜찮아요. 천천히 이야기 해봐요. 저에게 또 묻고 싶은 건 없어요?"

카페 주인은 더듬기 시작한 내 말을 경청해주며 대화를 이끌어나간다.

묻고 싶은 게 없냐니. 외국인 카페 주인을 본 적 없는 내 호기심 어린 눈이 이 카페 주인에게 상처를 준 게 아닐까 하는 미안함도 생겼다.

"저…. 제가 지금 말을…. 못해요…. 긴말을…. 못해요…. 대화를…. 제대로 못 이어나가요…. 몇 가지 말만 제대로 하고…. 미안해요…. 말을 제대로 못 해요….”

오늘따라 말을 더듬으면서도 말이 쏟아져나온다.

평소엔 말을 못 한다는 말은 말끝을 흐리며 말하곤 했지만, 오늘은 말을 못 한다는 말을 끝까지 뱉어내었다. 왜였을까. 참아왔던 말 덩어리들을 내뱉어버리고 싶었다. 그동안 참았던 말들이 터져 흐르듯 울컥울컥 쏟아 나온다. 눈물 한 방울과 함께. 나는 눈물을 삼키고자 내 눈앞에 놓여있는 아메리카노를 벌컥벌컥 마신다. 차가운 아메리카노에 목이 시리다.

"…..손님, 혹시 차 좋아해요?”
"….네?”
"내 아내가 서비스용으로 놓아둔 건데 한번 마셔볼래요? 시중 티백 차지만 라벤더 향이 아주 좋아요. 내가 서비스로 줄게요. 마음이 편안해진답니다.”

카페 주인은 달칵달칵하는 소리와 함께 작은 주전자를 꺼내 물을 끓인다. 그리고 금방 라벤더 향이 코끝을 스며들었다.

"지금 당장 대화를 하지 않아도 돼요. 천천히 들어줄게요. 전 기다리는 걸 잘하거든요. 그리고…. 이거 드릴게요. 다음에 이거 들고 가게 찾아와주세요. 러시아 홍차를 꼭 대접할게요."

카페 주인이 나에게 내민 건 '러시아 홍차'라고 적힌 하늘색 작은 쿠폰이었다. 나는 생각지도 못한 카페 주인의 호의에 멍하니 바라보았다. 이 일을 시작으로 나는 이 기묘한 카페와 인연을 맺게 되었다.

제2화 러시아인 레프, 한국인 수영

사람의 인연은 때때로 우연과 우연이 겹쳐 생기기도 한다. 마치 판타지 소설 속 마법같이.

김수영이라는 중성적이고 평범한 이름을 가진 나는 손이 유난히 큰 것 빼고는 부산광역시에서 아주 평범하디 평범한 젊은이였다. 그리고 내가 자란 부산의 미술 대학을 나온 취업준비생이었다. 미술 대학을 졸업했기 때문에 거칠지만 무언가를 만들 수 있는 손재주는 있었고, 최선을 다한 작품들이 실린 포트폴리오를 만들어놓았다.

하지만 봄이 올 줄 알았는데 겨울이 왔다. 내가 사는 시대인 21세기를 사는 청년들에게는 이 시기는 길고 추운 겨울이었다.

길고 긴 기다림을 인내해봐도 불러주는 기업 하나 없었다. 취업준비를 하며 일했던 아르바이트는 시험과 면접 준비를 위해 그만뒀다. 그 후 결국 면접을 보기도 전에 불합격 통지를 우수수 받아

버린다. 그렇게 내 신분은 잠시의 여유 아닌 여유가 생긴 취준생일 뿐이었다.

멈춤 없이 계속 달린 것 같은데도 늘 제자리에 머무는 듯한 기분이 들었다.

평범한 부산 청년 김수영. 27살. 20대 중반까지만 해도 큰 성공을 꿈꾸며 달렸다.

좀 더 어릴 땐 내가 세상을 바꿀 인물이 될 수 있을 것만 같다는 망상을 해보기도 했다. 그러나 세상은 빠르게 흘러갔고 하루하루 새로워지는 세상에 적응하기 위해 이것저것 도전을 해보던 나는 흐르는 세월을 피하지 못하고 그대로 나이를 먹었다. 두 눈을 뜨고 세상이 흘러가는 걸 봐왔지만 점점 이 흐름을 따라잡는 것조차 버거워지기 시작했다.

학교를 졸업하고 시간이 지나 20대 후반이 되자, 거칠지만 무언가를 만들 수 있었던 손재주는 이력서에 적을 수 없을 만큼 거추장스러운 장점이 되어버렸다. 언젠가 '도전'이라고 불렸던 것들은 '미련'이라는 단어로 바뀌었고, 마음은 점점 조급해졌다. 여유를 위해 시작한 커피 한잔이 생존을 위한 음료로 바뀌었을 때쯤, 나는 자신이 점점 초라한 존재라는 것을 느끼며 방구석에 자리 잡았다.

'뭐라도 생산적인 일을 해야 해.'

강박증처럼 머릿속에 한 문장이 떠오르고 몸이 움직인다. 방구석에서 컴퓨터를 잠깐 두들기다가 책꽂이에 꽂아 넣은 파일을 거칠게 뒤져본다.

'내가 언제 봉사활동을 했지?'

혹시라도 이력서 한 줄 채워질까 작은 이력조차도 소홀히 하지 않는다. 그런 나에게 취미는 사치였다. 취미가 곧 특기로 이어지지 않는 한 관심을 두는 건 무의미하게 느껴졌다. 눈을 돌릴 틈이 없었다. 아름다운 20대의 나날들이 이력서의 칸을 채우기 위해 움직인다. 다시 돌아오지 않는 20대의 세월이 이력서에 새겨진다. 무언가를 꾹꾹 채워 넣었지만 내 눈엔 이력서는 여전히 빈칸이 더 눈에 띈다.

뒤져본 책꽂이엔 확인을 위해 프린트한 이력서 수십 장이 투명한 파일에 곱게 끼워져있다. 지원한 직종도 여러 가지다. 졸업한 전공부터 전공과 전혀 상관없는 일까지 가지각색의 이력서가 보인다. 일치하지 않는 이력서 지원 직종처럼 방황하는 내 인생이 고스란히 보인다.

'그래도 솔직히 하고 싶은 일을 하고 싶어' 하는 마음이 남아있었지만, 면접까지 붙는 이력서가 별로 없어 이 생각 또한 사치라고 생각해버린다.

'면접에 붙어도 문제네…. 말하는 게 무서워.'

나는 우스운 변명일지도 모르나 면접이 무섭다.

나는 그동안 자신이 우수한 청년은 아니더라도 성실한 청년이라 생각했다. 그래서 희망을 품었었다. 하지만 내가 사는 이 시대에 그런 청년들이 너무나도 많았다.

이력서를 쓰다가 문득 창문을 쳐다보았다. 푸른 하늘 살랑살랑 불어오는 봄바람에 무거웠던 눈꺼풀이 잠시 들린다. 노트북은 점점 뜨거워지는데 하늘은 너무나도 맑고 파랗다.

'진짜 하고 싶은 일을 하며 살고 싶다.'라는 작은 소원이, 실은 아주 큰 소원이라는 걸 깨닫게 된 어느 오후, 나는 작은 가방을 메고 집을 나오게 된다.

아무런 일정도 없다. 목적지 하나 없이 남은 체력을 쥐어짜며 무작정 걸어보기로 한다. 슬프게도 시간은 많으니까.

아르바이트를 그만둔 바람에.
마지막으로 쓴 회사의 면접에 떨어지는 바람에.

작은 가방을 메고 집을 나와도 할 일이 없어 아무것도 걸리는 건 없다. 단지, 낮시간의 길거리에는 자신의 또래가 잘 보이지 않는다는 것이 묵직하게 가슴으로 다가온다.

'오랜만의 외출인데 옷차림이 이상해 보이지 않을까.'
'머리 다듬은 지 꽤 오래된 것 같은데 미용실에 가볼까.'
'아. 오늘 괜찮은 채용공고 뜨지 않았을까.'
'오늘 하루 이렇게 보내도 괜찮을까. 다시 집으로 돌아갈까.'

고민거리를 곱씹다 보니 조금 전 가슴의 묵직함은 통증으로 다가온다.

'무작정 나오긴 했는데 갈 곳이 없네.'

20대 초중반 때만 해도 연락을 하면 같이 시간을 써줄 친구도 있었지만, 20대 후반이 되자 주변은 다 각자의 길을 가고 있었다. SNS를 통해 건너건너 소식을 듣는다. 모두 행복해 보인다. 괜한 연락은 그저 친구들의 시간 뺏기가 되지 않을까 걱정부터 앞선다.

'너는 뭐 하고 있어?'라는 말이 두려웠다. 핸드폰을 쥐었다 펴며 잠깐 만지작거렸지만 결국 누구 하나 에게도 메시지 한 줄 보내지 못한다.

모두가 힘든 시기. 아무도 탓할 사람 없을 텐데도 괜히 자괴감이 들었다. 나만 이렇게 초라한 게 아닐까 싶어 SNS는 끊은 지 오래다. 이러한 자신의 삶을 누군가에게 보여주는 것조차 부끄러워 누구에게도 털어놓지 못한다. 핸드폰을 만지작만지작하다가 인터넷을 켜본다.

「주변 검색」

지도 애플리케이션을 실행시키니 내가 있는 곳 기준으로 여러 맛집이 뜨기 시작한다.

'아 여기 카페들이 밀집되어있네. 카페 골목이었구나.'

내가 서 있는 곳 멀지 않은 곳이 카페 밀집 지역이라는 걸 깨닫고 발걸음을 옮겼다. 얼마나 멍하니 걸었는지 내가 어디에 와있는지 감이 잡히지 않았다. 지도 애플리케이션이 가르쳐주는 대로 발걸음을 옮긴다. 유리창이 큼직큼직하게 붙어있는 카페들을 지나다녀보며 오랜만의 세상 구경을 해본다. 카페 유리창을 바라보고는 다소 안심을 했다. 길거리에 보이지 않았던 또래들은 모두 카페 안에 있었다. 마치 숨바꼭질을 하듯이.

'다들 취업 때문에 바쁜가 보다. 아무도 창밖을 보지 않네.'

카페 유리창 근처 테이블에 자리 잡은 사람들은 하나같이 노트북 화면에 집중하며 무언가를 쓰고 있다. 이렇게나 아름다운 하늘인데도 아무도 창밖을 바라보지 않는다.

심각한 얼굴, 쉴새 없이 타자를 치다가 곧 멈추는 손. 이력서를 쓰는 모습마저 나와 닮아있었다. 그들과 처음 보는 사이지만 동질감에 끌려 그들이 다닥다닥하게 앉아있는 진한 녹색의 카페 문을 열었다. 한눈에 다 들어오는 작은 카페였다. 자리가 없을까 하고 주변을 둘러보았지만, 빈자리가 보이지 않는다.

"테이크 아웃인가요?"

음료를 만들고 있던 카페 주인은 내가 들어온 걸 보고 묻는다.

"어…. 아뇨…. 먹고…. 가려고 하는데요."
"죄송합니다. 지금 자리가 만석이에요."
"네…."

나는 안타까운 목소리로 대답하고는 카페 안에 앉아있는 사람들을 쳐다본다. 앉아있던 이들은 나를 힐끔 쳐다보고는 다시 아무 일도 없었다는 듯 노트북을 쳐다본다. 무심한 그 시선에 움찔하고는 카페 문을 열고 나와 다시 걷기 시작한다.

저 많은 카페 중에 자신이 들어갈 자리가 없다는 것에 괜히 가슴이 시리다. 소속감이 없다는 패배감에 젖어, 전혀 처음 보는 사람에게 자신도 모르게 소속감을 기대한 자신이 부끄럽다고 생각했다. 아무 의미 없는 일이었을 텐데도 아쉬움을 뒤로 한 채 빠른 걸음으로 다른 카페를 찾아보기 시작한다.

「만석.」

「만석.」
「만석.」

평일의 오후 4시. 카페를 포함한 온 거리가 한산한 시간에 카페 자리들은 내 또래들이 잡고 있었다. 그렇다고 여유를 만끽하는 표정은 아니었다. 다들 지친 표정으로 테이블 앞에 놓인 음료수를 기계처럼 홀짝홀짝 마시며 공부를 한다. 다들 카페인으로 머릿속을 억지로 깨운다. 육체적 피로감보다 정신적 피로감이 확 느껴지기 시작할 때쯤 골목 구석에 있는 한 카페를 발견하였다.

「목말 카페」

카페 골목과는 다소 떨어져 있어 유동인구가 별로 없는 자리였다. 파스텔톤 하늘색에 새파란 대문을 가진 아기자기한 카페다. 동화 속 같은 외관을 강조하듯 창가에는 제라늄 꽃이 피어있다. 봄바람이 불 때마다 제라늄 향이 코끝을 만지며 내 시선을 잡아 이끈다. 간판의 '목말'이란 뜻은 알 수 없었지만, 카페 유리창 디스플레이로 목마가 있는 걸 보아 목마를 뜻하는 또 다른 단어인가보다 하며 대수롭지 않게 넘어간다.

그렇게 내가 자신도 모르게 파란 문에 이끌러 처음 카페 안으로 들어간 날 일주일 후.

"어서 옷쇼!"
"어…. 안녕하세요…."

또다시 독특한 억양의 러시아인 카페 주인이 나를 맞이한다. 평소라면 카운터에 있을 카페 주인이었지만 내가 하늘색 쿠폰을 만지작거리며 쉽사리 문 안으로 들어가지 못하는 걸 본 것 같았다.

두 번째 방문인데도 나는 아직 목말 카페가 낯설다.

"어서 오세요!"

"어…?"

나는 카페 안에 좀 더 들어갔다가 이번에도 놀란다. 장사가 잘 안되는지 사람이 없는 카페였지만 오늘은 휠체어를 탄 중년의 여성이 날 보자마자 잠깐 놀랐다가 웃으며 맞이해줬기 때문이었다.

"다시 방문해줘서 고마워요. 제 남편에게 이야기를 들었어요. 전 수영이라고 해요. 정수영. 제 남편은 레프. 러시아인이에요. 그래도 한국어는 잘하니 부담 없이 대화해도 괜찮아요."

나와 같은 이름의 수영이라는 중년 여성은 웃으며 나를 맞이한다. 카페에서 갑자기 통성명이라니. 당황스럽다.

"안녕하세요…. 저도…. 수영이라고 합니다…. 김…. 수영…. 이요…."

난 나와 이름이 같은 중년 여성에게 인사를 한다. 나에게 인사한 중년의 수영은 움직이기 편하게 짧게 자른 머리에 밝은 눈웃음이 보인다. 꾸민 듯 안 꾸민듯한 외모지만 옷의 짙은 녹색과 진한 노란색의 배색을 보아 색상 감각이 있어 보인다. 옷을 때마다 작은 귀걸이가 반짝거려 가끔 시선이 그쪽으로 향하기도 했다.

"저랑 이름이 같네요. 수영 씨. 반가워요. 홍차 좋아하세요? 저번에 러시아식 홍차를 마시려고 했다가 못 마셨다고 들어서요. 레프가 어찌나 안타까워하는지. 다시 와줘서 고마워요."

중년의 여성은 자신과 같은 이름인 게 반가웠는지, 처음 보는 사이임에도 불구하고 굉장히 친한 관계처럼 말을 걸었다. 마치 어디선가 나를 만난 사람처럼 스스럼없이 대화한다.

"가게에 목마가 많죠? 남편이 목마를 좋아해서 많이 가져다 놨어요. 수영 씨도 목마 좋아하세요?"
"아…. 네…. 좋아해요."

나는 손님이지만 처음 본 나에게 스스럼없이 대하는 중년 수영의 모습에 자신이 잘못 들어온 게 아닌가 하는 의심을 한다.

'보통 이렇게까지 초면에 자기소개하던가…? 그것도 카페인데. 뭔가 이상한 업체나 사이비 종교 같은 게 아닐까. 이거 잘못 들어온 거 아냐? 정상적으로 운영하는 카페는 맞아?'

후회와 호기심, 의심 섞인 감정으로 내 등 뒤로 식은땀이 흘렀다. 이상한 일에 말린 것만 같았다. 시선을 어디로 두어야 할지 몰라 고개를 살짝 숙이니 중년 수영의 오른쪽 다리가 보이지 않는다. 담요로 가려놨지만, 다리 한쪽은 빈 공간이었다.

"혹시 저번에 못 드셨던 러시아식 홍차 어때요? 이번에 맛있는 잼도 가져왔어요. 제 친정이 과수원을 하는데 잼도 만들거든요. 과일이 잘 익어서 잼도 아주 달고 맛있어요."

중년의 수영이 나에게 잼과 러시아식 홍차를 권유했다.

"네……. 네! 한…. 한번 마셔보고 싶어요."

시선이 아래로 향해있었던 나는 황급히 대답하며 고개를 들었다. 내 시선이 카운터에 있는 기다란 보온 통에 꽂힌다. 카페의 첫 방문부터 눈길을 사로잡았던 화려하고 특이한 모양의 짙은 파란색 보온 통이었다.

'사모바르라고 했던가….'

저번 카페 방문 때엔 깨졌다고 했으니 새 사모바르를 가지고 온 것일지도 모르겠다. 대충 윤곽만 봤던 첫날과는 달리 자세히 쳐다보니 모양이 좀 다르다. 사모바르는 한국에서는 본 적 없는 모양의 길고 독특한 모양이다. 어린아이 몸통만 한 크기에, 얼핏 보면 식당에 있는 대형보온물통을 생각할 수도 있으나, 그것보다 훨씬 화려하고 아래에 수도꼭지 같은 게 있어 물을 받을 수 있는 것처럼 보인다.

쉽게 말하자면 도자기 같은 모양만 빼면 요즘 카페에 가면 자주 보이는 레몬 워터 디스펜서처럼 생겼다. 그 위에는 보온통과 같은 화려한 무늬의 작은 주전자가 올려져 있어 시선을 사로잡는다. 위에 얹혀 있는 주전자는 장식인지 실제 쓰는 주전자인지 궁금해진다. 머리 부분에 있는 주전자에 주전자 모양 주둥이가 없었다면 그 물체 또한 주전자가 아니라 박물관에서나 볼만한 장식품이라고 생각했을 것이다.

"오늘 햇살이 좋네요. 카운터 근처 창가 쪽은 어떠세요? 혹시 쿠키 좋아하세요? 오늘 아침에 홍차 쿠키를 만들었거든요. 같이 드릴게요."

레프 씨가 나에게 카운터 쪽 창가 자리로 권유한다.

카운터 바 테이블 뒤편 창가 쪽에 작은 2인석이 보인다. 나는 2인석의 의자를 꺼내 앉는다. 햇빛이 은은하게 의자를 덥혀놓아 따뜻하다.

"그럼 레프. 내가 사모바르(*러시아식 물 끓이는 주전자)를 데워놓고 있을게요. 나중에 좀 봐줘요."

"네. 그럼 필요할 때 불러줘요."

중년의 수영은 레프 씨의 말을 들으며 휠체어를 이끌고 카운터로 간다. 휠체어가 익숙해졌는지 속도가 빠르다. 곧이어 손 씻는 소리가 들린다.

'첫 방문에 홍차를 못 마신 손님을 대하는 것치곤 너무 친절한 거 아냐…?'

'그리고 저 주전자 이름 사모바르가 맞았구나. 러시아어일까? 무슨 뜻일까? 안 익숙한 언어라 신기해.'

나는 몇 가지 생각을 하며 쭈뼛쭈뼛 자리에 앉는다. 내가 자리에 앉자 카운터에서 준비를 하던 중년 수영의 얼굴에 웃음이 생긴다. 나는 중년의 수영이 웃는 얼굴에서 어디선가 본 듯한 데자뷰를 느꼈다. 하지만 머릿속이 혼란스러워서인지 좀처럼 떠오르지 않는다.

"갑자기 대화를 많이 걸어서 당황하셨죠? 그래도 이상한 사람은 아니에요. 아내가 대화를 좋아하는데 오랜만에 가족 외의 사람을 봐서 기분이 좋아졌거든요. 최근까지 병실에 있다가 퇴원해서인지 많이 들떠있네요. 여기 카페 원래 주인이 아내였어요. 저는 아내가 다시 이곳에 적응될 때까지 도와주고 있고요. 가끔 아들도 와서 도와줘요. 그러니 잘 부탁해요. 혹시 불편하시면 언제든지 저에게 말해주세요."

"아…. 네…."

레프 씨가 소곤거리는 목소리로 나에게 설명한다.

나는 레프 씨의 설명을 듣고 경계심을 잠시 누그러뜨렸지만, 이후의 말을 어떻게 이어나가야 할지 잠시 고민했다. 상대방이 이야기를 많이 푼 만큼 나도 나에 관한 이야기를 풀어야 할 것 같았다. 하지만 늘 그렇듯 긴 이야기는 제대로 못 할뿐더러 최근에 사람과 이야기한 일이 손에 꼽을 만큼 적었다. 말을 제대로 못 했던 일주일 전과 같았다. 나는 또다시 제대로 된 대화조차 못 하는 자신을 부끄러워하며 얼굴이 또 빨개졌다. 수줍음이 많은 성격은 아니었지만 계속되는 면접 낙방과 사람에 대한 두려움, 점점 멀어지는 인간관계에 대한 결과물이었다.

"…."

입이 제대로 떨어지지 않는다. 머리가 안개 낀 듯 무거워진다.
머리가 돌아가지 않는다.
커피라도 마시면 카페인으로 머리가 돌아갈까? 그럼 내 대화도 매끄러워질까?

"커ㅍ…."
"커피요?"

나도 모르게 '커피'라는 말이 입 밖으로 나오자 내 이야기를 기다리고 있던 레프 씨가 묻는다. 커피라니. 방금 러시아식 홍차를 시키지 않았던가.

"아……. 아뇨…. 저…. 홍차에 카페…. 페인 들어…. 가나요…?"

제3화 러시아식 홍차

"아……. 아뇨…. 저…. 홍차에 카페…. 페인 들어…. 가나요…?"

"카페인이요? 홍차에도 카페인이 있어요. 혹시 카페인에 약하신가요?"

홍차에 카페인이 있냐는 내 질문에 레프 씨가 잠깐 놀란 듯이 묻는다. 가끔 홍차엔 카페인이 없다고 생각하는 사람들이 있어서 내 이야기에 귀를 기울인다.

"아…. 아뇨…. 그게 아니라…."

홍차에 카페인이 있다는 것도 알고 있었다. 카페인에 약한 편은 더더욱 아니었다. 하지만 이 엉망진창의 대화를 빨리 마무리 짓고 싶었다.

".....카페인…. 좋아해요…."
"네…? 하하…. 그럼 많이 드릴까요?"

"네? 네……."

내 엉뚱한 말에 레프 씨는 웃으며 카운터로 간다. 자연스럽게 대화가 이어지는 듯해도 레프 씨의 모습은 이 대화에 대해 어떻게 반응해야 할지 모르는 모습일지도 모르겠다. 이쯤 되니 나는 말하는 나 자신이 점점 답답해졌다.

난 말이 없는 성격이 전혀 아니었다. 오히려 수다스러운 성격에 가까웠다. 그런 내가, 말을 이렇게 못하게 된 건 나 자신이 점점 변하고 있는 것만 같아 무서워졌다. 머릿속은 평소와 같이 활발하게 움직이는데, 입으로 뱉어내기까지 오래 걸렸다. 겨우 뱉어낸 말조차도 더듬거리며 결국은 힘없이 추욱 늘어져 버린다. 취업 준비 기간이 길어지며 대화할 상대도 없어 언어 능력은 날이 갈수록 퇴화해갔다. 나는 변해버린 내가 너무 싫었다. 내가 변한 게 아니라는 걸 알리고 싶었다. 나는 여전히 말을 잘하고, 말을 더듬지 않는다고. 제발 누구라도 좋으니 말을 시켜달라고.

대화하고 싶었지만 제대로 된 대화가 입에서 나오지 않는다. 대화할 거리가 더 필요했다. 그럼 어떻게든 이어나갈 수 있을 것이다.

그런 내 눈에 여기저기 장식품으로 만들어둔 목마가 보인다.

"카페에 목마……. 그래서 목말…. 카페인가요?"

나는 어색함을 없애기 위해 쥐어짜 내듯 질문을 던진다. 레프 씨는 조금이라도 말이 길어지면 수그러드는 내 목소리를 경청한다.

"네. 제가 목마를 참 좋아해요. 제가 어릴 적에 할머니와 회전목마를 탄 적 있었는데 목마에서 올라타 보이는 풍경이 너무 좋았거든요. 단지 목마만큼의 높이인데도 세상이 달라 보였어요. 그래서 흔들리는 회전목마 손잡이에 의지하며 높이 올라가는 순간, 공기도 눈높이도 달라 보였어요, 난 제자리인데도 말이죠. 그 순간이 너무 좋아 어릴 적부터 작은 목마들을 모아왔어요. 그리고 카페명은⋯.-."

'목말'이라는 카페명과는 달리 레프 씨는 정확히 '목마'라는 발음을 했다.

"레프, 홍차용 찻잔 좀 꺼내줄래요? 손이 안 닿네요"
"손님. 잠시만요-. 네-. 금방 갈게요."

레프 씨의 말이 다 끝나기도 전에 중년의 수영이 찻잔을 꺼내기 위해 휠체어에서 일어서려다가 포기하고 레프 씨를 부른다. 레프 씨는 아내를 도와주기 위해 카운터로 걸어간다. 나는 그동안 또 대화할 거리를 찾기 위해 머리를 굴려본다.

"다음엔 다구들을 좀 더 낮은 곳에 놔둘게요. 또 위치 변경해야 하는 품목들이 있나요?"

레프 씨가 아내에게 찻잔을 건네주며 말한다. 레프 씨가 선반과 아내를 번갈아 본다. 아내의 손이 닿을 만한 거리를 계산하는 듯했다. 사이가 좋아 보이는 부부였다.
중년의 수영이 창문을 살짝 열자 봄바람이 살랑살랑 들어온다.

"수영 씨 초콜릿 쿠키 좋아해요? 홍차랑 같이 먹으면 맛있어요."
"네? 네⋯! 좋아해요⋯."

내 대답을 듣자마자 레프 씨가 수영에게서 쿠키 접시를 받아서 내 앞에 둔다. 나는 얼떨결에 건네받은 쿠키를 한번 보고는 입에 넣는다. 레프 씨는 사모바르의 뚜껑을 열어 작은 장작을 집어넣는다. 달그락달그락. 화로인 걸까? 사모바르에서 가끔 연기가 보인다. 연기가 좀 짙어지는 것 같아지자 카운터 쪽 창문을 활짝 연다. 살랑살랑하는 봄바람이 아직 차갑게 느껴진다. 기분 좋은 차가움이었다.

"레프. 사모바르 물 다 끓었어요. 부탁해요."
"네-."

나는 사모바르가 정확히 뭔지, 러시아 홍차는 어떻게 끓이는지 궁금해서 지켜본다. 파란 사모바르는 꽃무늬로 가득해 몇 번을 봐도 다구가 아닌 하나의 예술품으로 보일 정도였다. 몇 번의 사모바르 위 기둥 같은 뚜껑을 열었다 뺐다 하던 레프 씨는 작은 찻주전자 하나를 가지고 와 급수통같이 생긴 사모바르에 달린 수도꼭지 같은 걸 돌려 찻주전자 안에 뜨거운 물을 채운다. 예열만 하는지 채워 넣은 물을 버리고 찻잎을 넣는다. 그리고 다시 수도꼭지를 틀어 찻주전자 안에 뜨거운 물을 다시 부은 뒤 사모바르 위에 찻주전자를 올린다. 레프 씨는 타이머를 맞춰놓고 타이머가 울리자 찻주전자를 하나 더 꺼내 수도꼭지를 열고 사모바르의 뜨거운 물을 담는다. 그리고 두 개의 찻주전자, 홍차 쿠키가 담긴 쟁반을 내 테이블에 올려놓는다.

"사모바르를 테이블에 두면 너무 좁아질 것 같아서 이렇게 드렸어요. 차가 좀 진할 수도 있어요. 농도를 맞춰서 드세요. 옆에 있는 잼과 과자와 함께 드시면 돼요."

레프 씨가 내려놓은 쟁반 위엔 달달해보이는 잼과 홍차 쿠키를 내놓는다. 방금 받은 초콜릿 쿠키와 합쳐져 테이블이 가득하다. 이렇게 잔뜩 받아도 되는 걸까.

나는 차를 마셔보았다. 처음 마셔보는 진한 홍차 향이 입안을 맴돈다. 정신이 번쩍 들만한 진한 향이다. 뜨거운 물이 담긴 주전자로 조금씩 홍차의 농도를 조절하며 마셔본다. 이번엔 같이 내온 잼을 한 숟갈 퍼먹어본다. 과육이 그대로 씹히는 달달한 잼이다. 쓴맛이 느껴질 정도로 진한 홍차와 달달한 잼이 번갈아 들어가니 나도 모르게 계속 먹게 된다.

'맛있다….'

나는 카운터에 놓인 사모바르에 다시 한번 시선을 둔다. 화려한 골동품같이 생긴 모습에 몇 번이고 시선을 뺏긴다. 위에서부터 찬찬히 시선을 내려가다가 카운터 밑에 작은 안내문을 본다.

「P대학생 30% 할인. 재학, 졸업 포함」

P 대학교. 내가 나온 학교였다. 대연동 부근이 대학가이기 때문에 자주 보이는 이벤트 문구였다.

"수영 씨, 혹시 P 대학교 나오지 않았어요? P 대학교 디자인학부."
"네? 네-엣"

내가 멍하니 안내문을 보고 있는 걸 발견한 중년의 수영이 나에게 말한다. 중년 수영의 말에 나는 눈에 띌 정도로 놀란다.

"저…. 어어…. 떻게 아셨어요?"

대학가 근처기 때문에 대학까지는 유추할 수 있지만, 출신 학과까지 정확하게 알아맞히기는 어려웠다. 내 대답에 중년 수영은 후후 웃으며 바라본다. 나는 식은땀이 났다. 처음 보는 상대가 출신 대학 거기다가 학과까지 알고 있으니.

'내 신상에 관해 이야기한 적 없는데……. 뭐지…? 저 사람 연령대라면……. 선배인가? 아니면 교수님인가?'

당황하여 쿠키를 든 손이 부들부들 떨리자 중년의 수영은 멋쩍은 웃음을 지으며 말한다.

"P 대학교 강사였어요. 제가 거기 강의를 나간 적이 있거든요. 1학년 기초 목공예 강의를 했었어요. 지금은 다리 재활 치료를 끝낼 때까지 강의를 쉬고 있지만요.

중년 수영의 말에 레프 씨도 놀란 표정을 짓는다.

"저…. 목공예 수업은…. 들은 적이 없어서요……. 전 디자인학부는 마…. 맞는데 공예 디자인…. 전공이었거든요. 못 알아봬서 죄송합니다……. 교…. 교수님."
"아니에요. 수업을 듣지 않았으니 못 알아보는 건 당연하죠. 제가 수영 씨를 알게 된 건 수영 씨랑 학교에서 여러 번 마주친 적 있었거든요. 디자인학부가 사람이 워낙 많다 보니 저도 긴가민가했었는데. 수영 씨가 맞았네요."

수영 교수님의 말에 내 머릿속이 잠깐 혼란이 왔다. 아무리 기억해봐도 교수 눈에 띌만한 행동은 한 적이 없었다. 재학시절, 학생들이 많은 디자인학부 또래 학생들 사이에서 '교수 눈에 띈다.'는 두 가지로 나뉜다. 성적이 좋은 학생이어서 교수 눈에 띄었다던가, 혹은 사고를 쳐서 부정적으로 교수 눈에 띄었다던가. 중년 수영의 말대로 디자인학부 학생들은 인원수가 많았고, 나는 교수 눈에 부정적으로 띌 만한 행동을 한 적이 없었다. 성적은 적당히 상위권을 유지했으나 대학원에 갈 생각이 없었기 때문에 최상위권엔 들지 못했다. 그저 평범하디 평범한 디자인 학부 학생 중 한 명이었다.

"공예 전공 교수가 저랑 친구거든요. 약 3년 전쯤이려나, 그러니까 수영 씨가 학교에 재학하고 있을 때 수업 제의가 들어와서 공예디자인과사무실에 간 적이 있어요. 학생들이 없는 밤에 몇 번 공예 과실에 간 적이 있는데 그때마다 수영 씨를 봤었어요. 수영 씨는 작업하느라 절 못 봤겠지만요. 여기서 만날 줄 몰랐어요. 역시 세상은 좁네요."

수영 교수님의 말에 그제야 처음 수영 교수님을 만났을 때 어디선가 본 적 있는 얼굴이라고 생각했는지 알 수 있었다. 당시 학생이었던 나는 유복해서 개인 작업실을 가지고 있었던 아이들과는 달리 과실 외엔 작업할 수 있는 공간이 없었고, 과실 구석에서 작업하며 작가의 꿈을 키워간 적이 있었다. 수영이 말한 약 3년 전이라면 내가 공모전을 위해 한밤중 아무도 없는 과실 한구석에서 개인 작업을 한 시기와도 일치했다.

"아-. 기…. 기…. 억 났어요. 그때…. 열심히…. 한다…. 고…. 고 터치가 강해서 좋다고……. 칭찬해주신…. 교수님 맞으시죠?"

경계심이 풀어진 목소리지만 여전히 말을 더듬는 내 목소리에 얼굴이 다시 달아오른다.

"기억해줘서 고마워요. 수영 씨 말고도 P 대학 디자인 학부 학생들 몇 명은 여기 온 적이 있어요. 모라 학생, 연지 학생, 나비 학생이라던가. 최근은 바빠서 못 본 것 같네요. 아. 제 아들도 P 대학 디자인학부 학생이에요. 지금 4학년이니 수영 씨 후배네요."

교수가 말한 학생들은 내 동기였지만 나와 친하다던가 과에서 딱히 특출나거나 하는 학생들은 아니었다. 하지만 낯익은 이름을 들으니 그 아이들의 근황이 궁금해지면서도 내 근황을 이야기해야 할지도 모른다는 부담감이 들었다.

"수영 학생은 요즘 뭐하나요? 취업 준비?"

내가 우려했던 대로 교수님이 나에게 질문한다.

"지금은⋯. 취⋯. 취준생이에요⋯. 작가가⋯. 되⋯. 되고 싶어서⋯. 공모전 출품을⋯. 여러⋯. 번 해⋯. 해봤었는데⋯⋯. 공모전은⋯. 다⋯⋯. 떨어졌⋯. 었거든요⋯⋯. 취업은⋯. 면접에서⋯. 자⋯. 자꾸 떨어져서요⋯."

나는 천천히 내 볼품없는 근황을 이야기했다. 말이 길어지면 길어질수록 말을 더듬는 건 물론이고 점점 내세울 것 없는 내 모습에 주눅 들게 된다.

나는 고개를 푹 숙였다. 어쩌면 교수가 기억하고 있는 내 모습은 내가 활발하고 말을 잘할 때의 내 모습일 수도 있었다. 활발하고 희망에 가득 차 있던 시절의 나와, 지금 아무것도 하지 못한 채, 그저 갈 곳 없어 가진 돈을 겨우 세어보며 카페 구석에서 차만 홀짝거리며 시간을 보내는 내 모습에 비참해진다. 나는 대체 여기서 뭐 하고 있는 걸까.

하지만 생각해보면 과거의 모습과 다른 사람이 또 한 명 더 있었다. 내 앞에 서 있는 수영 교수님이다. 수업에 들어간 본적은 없지만 쾌활한 사람이었다. 그 시절 내가 기억하는 수영 교수님은 활발하고 대화를 좋아하며 열정이 가득한 목소리로 강의를 하고 복도를 바쁘게 뛰어다니는 분이었다.

"……"

교수님은 웃음을 지은 채 잠깐 침묵했다.

"수영. 벌써 시간이 이렇게 되어서 나가봐야 할 것 같아요. 저 오늘 저녁 강의니까 늦을 거예요. 혼자 괜찮겠어요? 이반에게 오는 길에 거래처에서 찻잎 가지고 오라고 말해놨어요."

레프 씨가 나갈 준비를 하며 교수님에게 말한다.

"네. 괜찮아요. 다녀와요."
"클로즈 팻말 해놓을까요?"
"네. 부탁해요."

"아…… 카페…. 정리…. 하시나요?"

클로즈 팻말이라는 말에 나는 허겁지겁 쿠키를 먹는다.

"천천히 먹어도 괜찮아요. 퇴원하고 오랜만에 운영하는 거라 단축 영업하고 있어요. 수영 씨. 오늘 시간 있어요? 제 아들이 오기 전까지 말 상대가 되어줄래요? 수업 마치고 바로 온다고 했으니 한 시간 후면 도착할 거에요. 그동안 차와 쿠키를 양껏 대접할게요."

"네…. 시간 돼요. 가…. 감사합니다…."

교수님의 말에 나는 쿠키 먹던 손이 느려졌다. 내 테이블 쪽으로 교수님이 휠체어를 끌고 다가온다. 나는 의자 하나를 치워 교수님의 자리를 만든다.

"그럼 나가볼게요. 수영 씨. 오늘 러시아식 홍차 마셔줘서 고마워요."

레프 씨가 문밖을 나가며 말한다. 마셔줘서 고맙다니. 오히려 공짜 홍차를 마셔서 고마운 건 나인데, 레프 씨는 만족한 목소리였다.

달칵. 팻말 바꾸는 소리가 문밖 너머 작게 들린다.
나는 교수님과 단둘이 카페에 앉아 있게 되자 잠시 적막이 다가왔다.

"이반의 말대로 카페에 음악이라도 트는 게 좋으려나……."

교수님은 싱긋 웃으며 작은 소리로 중얼거린다.

"수영 씨. 뉴에이지 피아노곡 좋아해요?"

"네? 네…. 조…. 좋아해요…!"
"그럼 잠시만요-."

교수님은 내 대답을 듣자마자 휠체어 바퀴를 굴러 카운터로 들어가 CD를 가져온다. 그리고 카운터 근처에 있던 CD 플레이어를 넣는다. 몇 번의 버튼이 딸깍거리고 카페 안에 잔잔한 피아노곡이 흘러나온다.

음악이 흐르는 카페 안은 적당한 소음으로 긴장감을 낮춰주었다. 주변의 목마 모형들 때문인지 마치 어릴 적 추억에 잠길 것 같은 기분이 들었다.

'이렇게 음악 들으며 목마를 보고 있으니 부모님과 어릴 때 놀이동산에 간 생각이 나네….'

"수영 씨. 이 가게명이 왜 목말인지 아세요? 원래는 목마카페가 맞는 표현인데도 말이죠. 처음엔 목마카페였어요."
"목마…. 요?"

음악에 취해 멍해진 나를 향해 교수님은 메뉴판을 들어 올리며 말한다. 나는 대화 주제가 달라져서 다행이라고 생각했다.
메뉴판엔 내가 첫날 의아했던 대로 CAFE MOKMAL의 'L'의 색만 다른 색이다.

"레프는 목마를 참 좋아해요. 레프의 많은 추억이 목마와 관련 있거든요. 그래서 한국어의 '목마'라는 단어를 틀릴 일이 없는데도 카페 이름이 목말이에요."
"이유가…. 있나요?"

"나무로 만든 말을 말하는 목마(木馬)와는 다르게 목말은 남의 어깨 위에 두 다리를 벌리고 올라타는 일 자체를 말해요. 이렇게 타는 목마요."

교수님은 어깨에 누군가를 태우는 듯한 제스쳐를 취하며 말한다.

"그런데 그 일 자체가 누군가를 지탱해주는 일인데, 서로 균형을 잡지 못하면 무너져 내리거든요. 레프가 그 뜻을 알고는 뜻이 좋다며 서로 지탱해주며 살아가는 부부가 되자며 목마 뒤에 'ㄹ'과 'L'을 넣어 카페 이름을 고쳤어요. 목마에서 목말이라고요. 목말은 이제 레프가 좋아하는 단어 중 하나가 되었어요. 목말 안에는 목마도 같이 들어간다면서요."

교수님은 자신의 다친 다리를 쓰다듬으며 말한다. 아픈 상처 부위지만 어째서인지 교수님의 입가에 웃음이 잔뜩 들어있다.

"처음에 제가 카페 창업할 때 가족 모두가 좋아하는 것들을 잔뜩 넣어보자고 의견을 냈었어요."

교수님은 옛날 추억이 생각났는지 아련한 표정을 짓는다.

"아들은 하늘색을, 나는 내가 유학했던. 그리고 남편의 모국인 러시아의 모습을, 레프는 목마와 자신이 좋아하는 러시아식 홍차를 메뉴에 넣었어요."
"러시아식…. 호…. 홍차…. 는 레프 씨가…. 넣은 메…. 메뉴였군요…."

"네. 러시아식 홍차. 저기 보이는 사모바르는 레프의 할머니가

물려주신 거예요. 보이나요? 저 길쭉한 물통 같은 주전자를 사모바르라고 해요. 러시아식 찻주전자인데, 레프의 할머니는 예쁜 사모바르를 모았거든요. 러시아에서 한국에 올 때 가지고 왔는데, 얼마나 많이 물려주셨는지 집에 사모바르가 한가득 있어요. 모두 레프가 아끼는 거예요. 저번에 깨진 사모바르는 아까우니 집에 곱게 장식해놓았답니다."

교수님은 사모바르를 바라보며 흐뭇한 미소를 지으며 말한다.

"홍차……. 맛있었어요……."
"그렇죠? 불을 피우고 우려낼 때까지 좀 오래 걸린다는 단점이 있지만요. 레프는 사람들이 느긋하게 차를 마셨으면 좋겠다고 했어요. 요즘 카페 찾는 사람들은 느긋하게 차를 안 마신다고요."

수영 교수님의 입가에 웃음이 가득했다. 교수님은 차를 한 모금 마신 후 웃음 지으며 말한다.

"처음 창업할 때 카페 인테리어도 고민 많이 했었는데, 러시아의 텃밭 딸린 간이별장 '다차'를 생각해서 꾸며봤어요."
"이…. 이런 곳을 다차 라고 하…. 하는군요……. 동화…. 속에 온 것…. 같아요…. 아기…. 자기…. 하고…. 분위기가……. 좋아요."
"후후. 그렇죠? 좋아하는 걸 잔뜩 넣어 아지트처럼 만들어보고 싶었거든요. 자. 이번엔 수영 씨의 이야기를 들어보고 싶어요, 수영 씨는 꿈이 있어요? 아까 작가가 되고 싶다고 했었는데, 계속 도전하고 있는 건가요?"

교수님은 대화를 좋아하는 분답게 내게 많은 관심을 보이며 말한다. 나는 잠깐 긴장하다가 입을 열었다.

"네……. 공모전도…. 틈틈…. 이 참여하…. 고 있어요…."

느릿느릿 더듬는 내 말이 답답했을 텐데도 교수님은 내 말이 다 끝날 때까지 빙긋 웃으며 들어준다. 나에 관해 이야기하는 것. 나는 오랜만에 누군가와 대화하는 기분이 들었다.

"교수…. 님…. 제가 긴 이야기는…. 잘 못 해요…. 최근에…. 무…. 문제가…. 좀 생겨서…."
"괜찮아요. 이해해요. 그러니 조바심 내지 말아요. 제가 수영 씨의 이야기를 들어줄게요."

교수님은 이미 알고 있다는 것처럼 말한다. '이해한다.'라는 말에 어쩌면 교수님도 나와 비슷하게 말을 제대로 못 하던 시기를 겪은 적 있는 게 아닐까 하는 생각이 들었다.

"……"

다시 입이 떨어지지 않는다. 나에게 과분한 친절이라고 해서일까. 고개를 푹 숙이자 교수님이 내 손을 잡는다.

"...수영 씨도 많은 일이 있었죠…?"

교수님의 따뜻한 말에 나는 고개를 끄덕인다. 울음이 터질 것 같다.

"……전 사고 당한 후 다리가 이렇게 되어서 강의하러 가는 게 힘들어서 쉬고 있어요. 교통사고였는데 순식간이었어요. 오른쪽 다리가 으스러져서 한동안 병원에 누워있었어요. 겨우 회복된 후 다시 강의를 나가려고 했지만…. 한쪽 다리를 잃은 후엔 거동이 불편하네요. 수영 씨도 알다시피 부산의 대학들은 모두 언덕 위에 있잖아요? 지하철에서 대학으로 통하는 엘리베이터도 있으니 휠체어가 익숙해지면 어떻게든 갈 수 있었겠지만, 아직 휠체어가 익숙하지 않아서 강의는 쉬고 있어요."

"아……."

쓸쓸한 웃음을 짓는 교수님의 얼굴이 슬퍼 보인다.

"갑자기 많은 일이 생긴다는 건 그런 건가 봐요. 처음엔 다리를 잃었다는 걸 인정하기 힘들어서 말이 안 나왔었어요. 모두가 날 동정하는 것 같아 대화도 제대로 못 했어요. 강의해야 하는데. 말이 안 나온다니. 하지만 가족들은 제가 입을 열어 대화할 때까지 기다려줬어요. 답답하고 침울하고 슬펐을 텐데도……. 그때 주변에서 저에게 말을 많이 걸어줬어요. 일상적인 대화도 있었고, 학생들의 이야기도 들려줬어요."

교수님은 힘들었던 시기의 일이 생각났는지 잠시 침묵을 하고는 다시 말을 이어나간다. 나는 레프 씨가 말한 '기다리는 건 익숙하다'라는 말이 이해가 갔다. 모두 수영 교수님이 말을 하기까지 기다려줬었다.

"저 사실 수영 씨를 다시 만나고 싶었어요. 수영 씨의 작품이 맘에 들었었거든요. 저와 이름이 같다는 것도 기억에 많이 남았고요."

"저를…. 요…?"

"항상 과실에서 밤늦게까지 작업하고 갔었죠? 후후 몰래 지켜본 적이 몇 번 있어요. 전 수영 씨의 작품 거친 그대로의 모습이 좋았어요. 망설임 없는 거친 터치가 가슴을 울렸어요."

"제…. 작품이요? 제…. 작품이…. 가슴을…. 우…. 울렸다고 요…?"

교수님의 말을 들으니 순간 그때의 열정이 생각나 가슴이 두근 거렸다. 그때만 해도 망설임 없이 작업할 수 있었다. 손을 뻗어 붓을 그으면 캔버스 위 터치가 모습을 드러냈다. 아무것도 못 하는 지금과는 다르게 나에게도 열정이 있는 시절이 있었다.

"네. 병실에 누워있을 때 생각이 많았었는데, 그때 문득 수영 씨의 작품을 떠올렸어요. 교수 친구로부터 학생들의 이야기를 들은 것도 있고, 저도 제 작품을 하는 게 꿈이었거든요. 욕심이 많아서 이것저것 하느라 정작 제 작품은 못 했지만요. 하지만 떠올릴수록 가슴이 두근거렸어요. 굵은 터치로 그린다는 건 어떤 기분일까. 나도 그렇게 과감한 작품을 만들 수 있을까. 나도 작업을 하고 싶다. 그래 하자! 라고요. 그 후에 다친 다리로는 카페 운영이 힘들어지자 단축 영업을 한 뒤 카페 구석에서 작업하고 있었어요. '작업은 다리가 없어도 할 수 있잖아. 다시 시작하자.' 라면서요."

"아……."

"그때가 기억나요. 수영 씨는 그림 그릴 때 웃고 있었어요. 거침 없이 붓을 내리찍는 모습이 인상 깊었어요. '아. 저 학생의 머릿속 엔 이미 완성된 작품이 있겠구나. 부럽다'라고요. 수영 씨의 작품을 보면서 '아. 나도 내 머릿속의 작품을 마음껏 드러내고 싶어…!' 하고 생각하게 되었어요."

나는 부끄러워진 얼굴을 살짝 내렸다. 교수님의 칭찬에 기분이 좋았다. 오랜만에 누군가에게 듣는 칭찬이었다. 가슴 깊이 묻어왔던 작업 열정으로 손가락이 근질거렸다. 가슴이 세차게 뛴다.

"수영 씨가 처음 여기에 온 날은 레프가 잠깐 카페를 맡아주고 있었어요. 그날 저녁에 레프가 '드디어 러시아식 홍차를 시킨 사람이 있다'라고 기뻐했었는데, 수영 씨였을 줄이야. 이 근처가 대학가라 대학생들이 자주 오긴 하지만 이렇게 아는 학생들을 만날 때마다 기분 좋네요."

교수님은 눈을 반짝이며 말한다.

「우연과 우연이 겹치면 때론 마법 같은 인연이 만들어진다.
내가 P 대학 졸업생이었기 때문에.
디자인학부를 졸업했기 때문에.
부산 출신이기에.
이 대학가가 익숙한 덕분에.
취준생이기에.
카페 자리를 못 찾았기 때문에.
그리고,
파란 대문의 목말 카페에서 러시아식 홍차를 시켰기 때문에.」

"그동안…. 만났던……. 다른 학생들은…. 어…. 어떻게 지내고…. 있나요?"
"다들 방황하기도 하고, 자신의 길을 찾는 학생들도 있고, 새로운 길을 도전하는 학생들도 있었어요. 최근엔 다들 바쁜지 못 봤지만요."

마법 같은 일에 둥실거렸던 기분이 다시 내려왔다. 나 빼고 모두 잘살고 있는 기분이다.

"...모…. 모두…. 잘 살고…. 있네요…. 부럽다…."

모두가 앞서가는데 나만 뒤처진 기분이다. 나는 여기서 뭘 하는 걸까. 이렇게 여유 부리며 차나 마시고 있어도 되는 걸까.

"대부분 여기에 쉬러 오는 거예요. 지쳤을 때 차도 마시고, 과자도 먹고요."

내 생각을 읽었는지 교수님이 나를 향해 말한다.

"교…. 교수님…. 전 자주…. 죄책감이 들어요……. 내가 이렇게 차 마시면서 쉬…. 쉬어도 되는 걸까…. 하고요…. 모두…. 열심히 일하고…. 있는데…. 나만…. 이렇게 농땡이를…. 부리는 것 같아서요…. 모두…. 열심히…. 일하고 쉬는데…. 나는 아무것도 안 하고…. 무서워요…. 나만…. 나만 뒤처지는 것 같아…. 서요…. 나만…. 제자리인데…. 모두…. 앞을 가고 있네요…."

울컥울컥 말이 쏟아져나온다. 열등감에 가득한 말들이 입을 통해 쏟아져나온다.

"난…. 난 뭐 하고 있는걸…. 까요. 교수님…."
"……"

그런 내 모습을 보던 교수님이 비어있는 내 컵에 따뜻한 차를 부어준다. 향긋한 향이 코를 자극하며 마음이 안정을 주는 듯하다. 나는 차를 한 입 마신다. 따뜻한 찻물이 목으로 넘어가며 울컥거리는 내 말들을 진정시켜주는 듯하다. 교수님이 내 어깨를 토닥거리며 말한다.

"우린 잠깐 쉬는 거예요. 수영 씨. 그동안 열심히 달렸잖아요. 그동안 고생했어요."

나는 교수님의 말에 눈물이 맺힌다. 이 말을 듣는 순간 다시 가슴이 세차게 뛰었다. '고생했다', '열심히 했다'라는 말은 내가 계속 듣고 싶었던 말이었다. 이 말 한마디가 얼마나 듣고 싶었는지. 내가 이 말을 듣는 순간을 얼마나 기대해왔는지.

내가 지금 인생을 헛되이 살지 않고 있다고 말이라도 인정받고 싶었다. 어둡고 긴 터널을 빠져나가면 빛이 보이듯, 먹구름 낀 듯한 내 머릿속도 환해지는 기분이 들었다.

홍차의 카페인 때문일까. 가슴이 두근거린다. 벅차오른다. 몸이 떨린다.

이 기분 좋은 떨림이 홍차의 카페인 때문이라면 나는 앞으로 커피 대신 홍차를 선택할지도 모르겠다. 그동안 잠을 깨기 위해 수없이 먹었던 커피보다 더욱 나를 정신 차리게 해준다.

제4화 휠체어와 목마

"엄마. 찻잎 가져왔어요!"

덜컹 문 열리는 소리와 함께 쩌렁쩌렁 젊은 청년의 목소리가 홀 안을 가득 메운다. 나는 깜짝 놀라 찻잔을 쥔 채 출입문을 바라본다.

"아. 손님이 계셨구나. 죄송합니다."

청년은 두 손 가득 상자를 쥐고 카운터로 터벅터벅 걸어들어온다. 상자가 움직일 때마다 알싸한 찻잎 향이 난다.

"고마워. 이반. 아. 수영 씨. 제 아들 이반이에요."

교수님은 옆에 선 아들을 소개했다. 염색한 머리인지 천연 모인지는 모르겠으나 약간 갈색 섞인 잿빛의 머리에, 두 눈은 맑고 진한 갈색의 눈이다. 180은 넘어 보이는 큰 키와 이목구비가 레프 씨를 닮아 러시아인이라는 느낌이 든다. 잘 생겼다는 생각이 들어

이반을 바라보자 이반은 입술을 살짝 오물거리다가 입을 연다.

"……한국 이름은 이반(李盼). 정이반입니다. 러시아 이름도 이반이에요. 처음 뵙겠습니다."
"……어…. 전…. 김수영이에요…….."

또다시 내 편견을 뒤흔들 듯, 이반의 입에서 아주 정확한 한국어가 나온다. 한국인이라 한국어를 잘하는 건 당연한 일인데도 정신이 번쩍 든다. 나는 내 케케묵은 편견을 다 없애야겠다고 다짐한다. 대화가 끊긴 듯하여지자 나는 대화거리를 생각해내기 위해 나도 모르게 이반을 빤히 쳐다보게 되었다.

"……한국인이라 군대도 다녀왔어요."

마치 이런 시선은 여러 번 받아보았다는 듯한 이반의 엉뚱한 말에 나는 미안함을 느낀다. 부산은 여러 나라의 배가 많이 드나드는 항구도시의 이름과는 달리 혼혈인에게는 아직 익숙하지 않은 시선을 보내는 사람도 있었다. 점점 나아지고는 있다고 하지만 반응을 보아 한국과 러시아 혼혈인 이반 또한 호기심 어린 시선을 많이 받아봤을 것이다. 어쩌면 내 시선 또한 기분 나쁘게 보일 수도 있었다. 미안한 마음이 들었다. 나는 교수님의 아들도 P 대학 디자인학부 재학생이란 걸 기억해낸다.

"그…. 게 아니라……. 이반 씨도…. 저……. P 대학…. 디자…. 디자인 학부……. 라고 해서요…. 저…. 졸업생이거든…. 요…."

느리고 더듬는 내 말에 이반이 좀 더 놀란 듯한 표정을 짓다가 설명을 원하는 듯 교수님을 바라본다.

"이반. 네 선배야. P 대학 디자인학부 졸업생. 우연히 만났어. 그리고 찻잎 고마워. 카운터에 놓고 와줄래?"

"반가워요. 선배님."

교수님의 말에 이반은 꾸벅 인사를 하고는 찻잎 상자를 들고 카운터로 간다. 찻잎을 정리하던 이반이 핸드폰 메시지를 확인하다가 교수님을 부른다.

"엄마, 오늘 15일 아니에요? 이지한 교수님이랑 저녁 식사 약속한 날이요. 식탁 위 달력에 적혀 있던데."

"어? 오늘 3월 15일이었어? 아 큰일 났네. 잊고 있었어!"

"대형 택시 부르는 데 오래 걸리니까 지금 출발하셔야 할거에요. 벌써 4시 넘었네요."

"고마워. 이반! 그럼 손님 좀 잘 부탁할게. 수영 씨 급하게 나가게 되어서 미안해요. 오늘 만나서 즐거웠어요. 편하게 있다 가요! 다음에 또 와요!"

교수님은 빠르게 인사를 한 뒤 조금 서툰 솜씨로 휠체어를 움직이며 출입구 쪽으로 간다. 나는 손가락이 휠체어 바퀴에 끼이지 않을까 조마조마한 눈으로 교수님을 바라본다. 도와드릴까 생각을 했지만, 도움을 청하지 않았는데 도와주겠다고 하는 건 실례가 될 것 같아 꾹 참는다.

"홍차 더 드실래요? 아직 사모바르가 따뜻하네요."

두 사람만 남은 카페에서 앞치마를 맨 이반이 사모바르 온도를 재며 말한다.

"네…. 감사…. 합니다…."
"김수영 선배님이라고 하셨죠? 디자인 학부 안에도 전공이 많은데, 어디 전공이에요? 목공예? 아니면 시각? 공예?"
"고…. 공예…. 공예 디자인이요…."
"아. 공예 디자인전공이구나. 그럼 지금은 어떤 일 해요?"
"취준……. 그러니까…. 취업 준비……. 취업준비생이에요……. 아직…. 취업을 못 해서…."
"…."

같은 학부 졸업생 선배가 '취업준비생'이란 말에 실망이라도 한 걸까. 이반은 잠시 침묵한다. 나는 괜히 위축되어 긴 문장이 아닌데도 불구하고 말끝을 흐리거나 몇 번이나 말을 더듬는다.

"일부러 그렇게 말하는 거예요? 저 한국어 잘해요. 한국인이거든요."
"네……? 어……. 그게…."
"그냥 평범하게 말해요. 줄임말도 다 알고 굳이 천천히 안 말해도 돼요. 한국에서 나고 자랐으니까요."

"…."

러시아인에 가까운 이반의 외모에 잠깐의 편견이 생긴 건 사실이지만, 내 느릿하고 더듬든 말 때문에 자신을 한국어 못하는 외국인 취급한다는 큰 오해가 생긴 것 같다.

"저…. 제가……."

"선배니까 굳이 존댓말 안 써도 돼요. 반말도 사투리도 다 알아들어요."

이반에게 그동안 얼마나 많은 일이 있었던 걸까. 내가 변명을 하기도 전에 기분 나쁜 티를 내며 말하는 이반의 모습에 주눅이 들었지만 내 말투에 대한 오해를 풀어야 했다.

"…저…. 긴말 잘 못 해요-!"

다급한 마음에 소리치듯 말해버렸다. 이반은 내 말에 깜짝 놀라 나를 쳐다본다. 나는 느리지만, 차근차근 오해를 풀기로 한다.

"저는…. 기…. 길게 말 잘 모…. 못해요…. 원래는…. 원래는 아닌데…. 말 잘하는데…. 취업 준비…. 하고 대화도…. 할 일이 없고……. 면접에서……. 좀 아…. 안 좋은 일이 여러 번…. 있다 보니…. 말 잘 못 해요……."

오해를 풀기 위해서 내 치부를 후배에게 드러내야 한다는 건 수치스러웠지만 지금, 이 순간에 제대로 말을 하지 않으면 앞으로 오해를 풀지 못할지도 모른다는 생각에 용기를 내어 이야기를 이어나간다.

"존댓말은……. 며…. 면접 준비하느라…. 존댓말이…. 이제 익숙해져서요…. 익숙한 말들은…. 그래도 빨리 말…. 하는데…. 이거…. 고…. 고쳐야 하는데……. 면접…. 봐야 하는데……. 오해…. 하게 해서 미안해요…. 이반 씨가…. 외국인 같아서가 아니라…. 진짜 내 말투가…. 이래서……. 고쳐야 하는데……. 미안해요……. 오해…. 하게 해서….”

말을 하면 할수록 눈물이 맺혀 웅얼웅얼하게 된다. 제대로 말을 끝맺지 못한 채 눈물이 주룩 나왔다.

“……”

이반은 잠시 놀란 표정을 짓는다.

“죄송해요…. 선배. 제가 괜히 오해해서….”

이반은 얼른 휴지를 가져와 내밀며 사과한다. 나는 이반이 내민 휴지로 눈물 닦는다. 눈물 때문에 수분이 나와서일까. 목이 말랐다. 나는 다 식은 홍차를 꿀꺽 마신다.

“….선배 혹시 홍차 좋아해요?”
“네……. 좋아해요….”
“선배, 내일 시간 있어요?”
“네? 네…. 시간…. 은…. 많아요….”

슬프게도 채용공고가 올라오지 않는 한, 시간이 많았기 때문에 목이 멘 목소리로 대답한다. 그 목소리에 이반은 더 미안해졌는지 안절부절못하다가 핸드폰으로 누군가에게 전화한다.

“엄마. 저 내일 수업 없거든요. 제가 카페 볼게요. 그러니까 내일 출근하지 마요. 제가 할게요.”

간단한 통화를 끝낸 후 이반은 나에게 어색하게 웃으며 말한다.

"선배, 홍차 좋아한다고 했죠? 내일 갈 곳 없으면 여기 와요. 괜히 오해해서 미안하니까 제가 서비스 줄게요. 러시아식 홍차는 무제한 서비스해줄 수 있어요."
"어…? 아니…. 그건…."

"사람이 너무 없는 것보다 그래도 앉아있는 사람이 있는 게 좋잖아요. 그리고 찻잎 유통기한도 이제 가까워졌거든요. 그러니까 부담 없이 오세요. 무료로 러시아식 홍차 대접할게요."

"....그래도 돼요? 교…. 교수님께 허락…. 도 안 받고……."

무료로 홍차를 준다니. 뻔뻔하게 들릴지는 몰라도 갈 곳 없는 취업준비생에게는 감사한 말이었다.

"네. 괜찮아요. 저 여기서 자주 일해요. 엄마가 교통사고 난 후에 카페 운영이 힘들어져서 제가 대신 카페 운영할 때가 많거든요. 그래서 재고는 제가 더 잘 알아요. 저도 이게 더 재밌고요. 내가 카페를 맡을 동안 엄마는 작업할 수 있거든요. 아. 가족이지만 아르바이트비도 충분히 받아요."
"대단하네요…. 학교…. 다니면서 이…. 이렇게 하기도 쉽지 않…. 을텐데……."

"사실 엄마에게 새 휠체어를 사드리려고 돈 모으는 중이에요. 엄마에게는 비밀이지만. 지금 있는 휠체어보다 전동 휠체어를 사용하면 엄마가 팔을 쓰지 않아도 좀 더 멀리 갈 수 있을 테니까요. 그냥 모아놓은 돈으로 바로 사면 좋겠지만, 카페 일을 하면서 돈을 모으는 게 좀 더 의미 있어 보였거든요. 그리고 아직 엄마가 휠체어에 잘 적응 못 한 것 같기도 해서 적응 기간을 기다리고 있어요. 재활 치료도 아직 남았고요."

엄마의 휠체어를 위해 일을 한다는 이반의 말에 이반이 대단하다고 느껴졌다. 하지만 문제는 카페를 찾는 손님이 잘 없다는 것이었다.

"대…. 대단하네요…."
"엄마를 위해 억지로 하는 것도 아니고 저도 카페 일을 좋아하거든요. 그래서 즐겁게 일하고 있어요."
"카…. 카페 분위기가 참 좋아요…. 조용하고…."

내 말에 이반이 웃는다. 아까보단 훨씬 편해진 분위기다.

"하하. 조용한 분위기는 좋지만, 손님이 참 없죠? 좋은 자리도 많은데 왜 이런 변두리에 카페를 운영하나 싶었는데, 복잡한 곳보다 여기가 조용하고 여유로워 보여서 마음에 든대요. 익숙한 곳이기도 하고요. 집도 이 근처거든요. 처음엔 아들인 내가 봤을 땐 좀 답답해 보이지만, 두 분 다 본업이 있기도 하고 이 작은 가게를 소유하고 있어서 임대료가 없거든요. 그나마 다행이죠. 아. 선배. 사과잼 쿠키 더 드실래요?"

이반은 내 대답을 듣기도 전에 달그락달그락 접시를 꺼낸다. 교수님 가족들은 모두 나에게 뭔가 먹이고 싶어 하는 것 같다. 이반은 접시 수북하게 잼 쿠키를 쌓아 내 앞에 가져다 둔다.

"홍차 식었죠? 더 드릴게요. 이번엔 얼그레이 어때요? 베르가못 향 좋아해요?"

이반은 내 찻잔이 비어있는 걸 보고 사모바르에 불을 땐다. 레프 씨와 비교하면 이반은 익숙해 보인다.

"얼그레이 좋아요…. 홍차…. 참 맛있었어요…. 러시아식 홍차…. 향도 좋고…. 흔하지 않은 향…. 이기도 하고…. 홍차도 카페인이 적당히…. 이…. 있고…."

나는 더듬더듬거리며 홍차의 장점을 열심히 말한다.

"러시아 홍차……! 아. 그러고 보니 선배가 러시아식 홍차 시킨 사람이죠? 아빠가 새 사모바르를 꺼내시길래 물어보니 원래 있던 건 너무 기쁜 나머지 실수로 깨뜨렸다고 했어요. 그래도 기뻐했어요. 깨진 사모바르는 아깝지만 오랜만에 러시아식 홍차를 시킨 사람이 있다면서요."

내가 러시아식 홍차를 시켰다는 게 레프 씨에게는 아주 기쁜 일이었나보다.

"선배에게 제 부모님이 관심 보인 건 P 대학 졸업생인 것도 있지만, 러시아식 홍차를 시켰기 때문도 있을 거예요."
"네? 왜…. 왜요…?"

"한국 사람들은 빨리빨리 문화에 익숙하잖아요. 그래서 부모님은 휴식을 취하는 카페에서조차도 휴식이 아니라 바쁘게 움직이는 게 너무 안타까워했어요. 차란 건 느긋하게 마시는 게 좋은데 말이죠."

나는 차를 준비하는 이반을 바라본다. 나에게 있어서 홍차라고 하면 티백 홍차가 먼저 떠올랐다. 이렇게 카페에서 제대로 준비한 홍차를 먹게 되는 건 생각해보니 손에 꼽을 정도였다.

"홍차…. 좋아해서…. 좋았어요…. 사모바르란 것도…. 처음 보고…. 잼…. 이랑 쿠키도…. 맛있었고…."

"그렇죠? 맛있죠? 그래서 러시아 문화도 보일 겸, 사람들에게 여유를 만끽해주고 싶다며 아빠가 잠시 카페일 도와주면서 슬쩍 넣었던 메뉴예요 사모바르 불도 때워야 하고 차도 우려내는 데 시간이 오래 걸리지만요."

"하지만……. 전…. 그…. 그게 좋아요…. 기다리는 재…. 재미도 있고요…."

시간이 오래 걸리긴 해도 그만큼 차를 기다리며 복잡했던 머릿속을 정리할 수 있는 시간이 되어 좋았다. 기껏 해봐야 20분이었다. 20분밖에 되지 않는 여유를 잃게 된 건 언제부터였을까. 살랑살랑 나는 찻잎 향에 기분이 좋아지기도 하고, 아직 맛보지 못한 차 맛을 상상하기도 했다.

차를 카페에서 사 먹는 건 사치라고 생각되던 때도 있었다. 내가 간 대부분 카페에서는 티백 차를 내주었는데, 왠지 티백 차를 몇천 원씩 주고 먹는 건 사치하는 것 같아 기분이 묘했다. 아무리 비싼 티백이라도 말이다. 그래서 차는 집에서만 마셨던 나였다. 하지만 그것조차도 느긋하게 먹기보단 티백을 흔들어 빨리 우려내어 그 맛만 대충 음미하곤 했다.

"처음엔 러시아식 홍차를 메뉴에 넣는 걸 제가 반대했었어요. 러시아식 홍차는 사람들에게 안 익숙한 문화기도 하고, 주문이 들어온 후 불을 때고 차를 우려내니까 시간도 오래 걸리거든요. 저도 부모님 때문에 마셨지, 평소엔 잘 찾지 않았어요. 하지만 생각해보니 러시아식 홍차가 가장, 이 카페와 어울리는 메뉴일지도 모르겠네요. 선배 생각은 어때요? 선배의 생각을 더 듣고 싶어요."

"나…. 나는 좋아요…. 러…. 러시아 홍차가…. 이 카페와…. 어…. 어울린다고 생각하거든요…. 마시기 전까진…. 시…. 시간이 걸려도…. 마시는 순간…. 기다림을…. 잊…. 잊어버릴 정도로 온몸이 따뜻…. 해져요…. 너무 지…. 진해 쓰다고 생각해도…. 달콤한 잼…. 을 먹으면 괜찮…. 아요…."

나와 홍차에 관해 대화하는 이반의 표정이 점점 밝아진다.

"저도 공감 가네요. 평소엔 시간이 오래 걸려 안 마셨는데……. 티백 홍차보다 오래 걸리기도 하고 처음부터 농도가 맞춰진 차가 아니라 직접 자신이 농도를 맞추고, 차가 쓰면 달콤한 잼을 먹기도 하는 그런 러시아식 홍차지만 그만큼 천천히 그 시간을 음미할 수 있으니까요."

나는 살짝 웃음 지으며 아직 온기가 남아있는 홍차를 후룩 마신다. 향이 입안 가득 머문다. 홍차를 한 모금 마셨을 뿐인데 가슴이 따뜻해지는 기분이 들었다.

제5화 이반

마치 오랜만에 대화 상대를 만났다는 듯, 차를 마시는 동안 이반은 이 카페에 관련된 여러 이야기를 했다. 서로 좋아하는 찻잎에 관한 이야기. 과자 종류, 그리고 어떤 형태의 과육이 들어간 잼을 좋아하는지까지.

"저…. 저는…. 과육이…. 씹히는 잼이…. 좋아…. 요…."
"역시 선배도 그렇죠? 다음에 잼을 만들 땐 과육을 좀 더 크게 넣어 봐야겠어요. 단가가 맞아야 할 텐데…."

오랫동안 시시콜콜한 대화가 이어졌지만 싫지 않았다. 내 느릿한 말에도 이반은 귀 기울여 들어주었다. 이런 일엔 익숙하다는 듯이 이야기를 들어주었다. 일반적인 대화인데도 같은 공간에서 공통된 주제로 이야기를 하는 건 오랜만이었다. 문득 이런 생각이 들었다.

'이반도 대화가 고팠던 거구나.'

긴 취업 준비 생활을 하는 동안 현대 사회에서 작은 대화를 할 기회를 가진다는 게 의외로 어렵다는 걸 깨달았다. 각자 자신의 이야기를 털어내고 싶어도 남의 이야기를 들어주는 과정을 힘들어했다. 그저 누구나 겪을 수 있는 소소한 일상을 이야기하는 게 누군가의 시간을 뺏는 일처럼 느껴질 때도 있었다. 하지만 목말 카페에서 차를 마시며 이야기하는 시간은 누군가의 시간을 빼앗은 기분도, 내 시간을 빼앗긴 기분도 들지 않았다. 그저 이 작은 여유를 만끽할 뿐이었다.

굳이 수다쟁이가 아니더라도 생각을 입밖에 내민다는 게 기뻤다. 입안에서만 우물거리던 것들이 제 모습을 찾아 나가는 기분이었다. 이반도 마찬가지 아니었을까. 이반과의 대화를 통해 내가 과육이 굵은 잼을 좋아하고, 베르가못 향이 진한 얼그레이 홍차를 좋아한다는 걸 새삼 깨닫게 되었다. 생각을 입 밖에 내지 않아 몰랐던 나에 대해서도 깨닫게 되는 계기가 되었다.

'아. 대화는 남을 알아가는 과정도 있지만 나를 알아가기도 하는구나.'

창밖에 점점 어두워진다. 여기서 계속 시간을 보낼 순 없었다. 나는 먹던 과자를 다 먹고 일어날 준비를 한다.

"저···. 이제 가야 해서···. 차···. 맛있었어요···."
"선배."
"네?"
"...오늘 대화 재밌었어요!"
"저도···. 재밌었어요···. 고마워요···."

예의상 하는 말일지도 모른다. 하지만 나에겐 오랜만에 대화다운 대화를 한 셈이었기 때문에 진심으로 즐거웠었다. 내 입가의 입꼬리가 살짝 올라간 듯한 기분이 든다.

"내일 또 놀러와요. 선배."

첫 만남치곤 나쁘지 않은 담백한 인사였다. 후배와의 이 정도 거리감이라면 자주 들려도 좋을 것 같은 기분이 든다.

무료 홍차를 마실 수 있는 다음날도, 그리고 할인을 받아 제법 싸게 먹었던 그다음 날도. 나는 목말 카페에 갔다. 누군가에겐 취준생이 사치를 부리는 것처럼 보일 수도 있다. 하지만 칙칙하게 정리되지 않은 내 방 한구석에서 더 업그레이드시킬 이력이 없는 이력서를 쓰며 시간을 죽이는 것보단, 밖을 다니며, 햇살을 받으며, 지나다니는 사람 구경을 하며 차를 마시는 것이 훨씬 정신건강에 좋았다. 유통기한이 임박한 찻잎 재고 처리 덕분에 하루 3시간 정도 매일 러시아식 홍차 한두 잔을 마셨다.

여유로움에 죄책감을 가진 날이나, 공모전이 있는 날엔 스케치북을 갖고 자리에 앉아 스케치를 끄적거린다. 포트폴리오도 작업해야 했기 때문에 손은 멈추지 않는다. 코끝을 간지럽히는 홍차의 베르가못 향 때문일까? 전보다 훨씬 여유로워진 기분이었다. 한 번씩 손을 멈추고 창가를 바라보기도 하였다.

수영 교수님도, 레프 씨도, 이반도 자주 이야기를 걸어주었다. 일상적인 이야기, 오늘 새로 만들어본 디저트 이야기, 최근 읽었던 책 이야기 모두 자그마한 이야기들이었지만 대화 주제 또한 작아서 내가 언제든지 대화에 껴도 어색함이 없었다. 대화의 흐름에 점점 스며드는 기분이 들었다.

수영 교수님의 재활 치료가 길어질수록, 레프 씨가 바빠질수록 이반이 카페 일을 도맡았다. 손님은 간간이 들어왔지만 많지 않았다. 자연스럽게 햇빛이 드는 카운터 근처 자리는 마치 내 지정석처럼 되었다.

이반은 이제 4학년이지만 졸업 후 카페를 운영할 계획인지 취업 준비를 하는 것처럼 보이지 않는다. 이반이 목말 카페에 있는 시간이 길어지면서 자연스럽게 이반과의 대화가 많아졌다. 일상적 대화가 많아지면서 예전만큼은 아니지만 제법 긴 말도 더듬거리지 않고 말할 수 있게 되었다.

"선배. 제가 대화 상대가 되어줄게요. 선배도 저랑 대화 많이 해 줘요. 저 친구 없거든요."

손님이 없는 평일의 어느 날, 사모바르를 스케치하던 나에게 이반이 말한다. 고정적인 대화 상대가 생겼다는 기쁨에 조용히 웃으며 고개를 끄덕거렸다. 입꼬리가 점점 자연스럽게 올라간다. 여전히 면접 전화는 오지 않았지만, 가슴 졸인다고 상황이 크게 변하지 않으니 조급함을 내려놓기로 했다.

'그런데……. 친구가 없다는 건 그냥 하는 소리겠지…?'

슬프게도 이반이 한 말은 진심이었다. 친구가 없다는 말 속에 복합적인 슬픔이 들어있다는 걸 왜 바로 눈치채지 못한 걸까.

아주 일상적인 대화에서 가슴속에 묻어둔 이야기로 넘어가기까진 얼마 걸리지 않았다. 촉촉하게 봄비가 내리는 어느 오후 날이었다. 봄비가 묻은 우산을 살짝 털어내고 목말 카페로 들어가 평소대로 카운터 자리에 앉아 러시아식 홍차를 시키고는 스케치북을 꺼낸다. 사모바르에 불을 때는 이반의 표정이 오늘따라 어둡다.

"선배. 제 말투가 많이 이상해요?"
"...무슨 일…. 있었어요?"

평소와 다른 이반의 목소리에 나는 연필을 내려놓고 이반의 이야기를 듣는다. 내 물음에 이반의 표정이 어두워지며 한숨을 쉬었다.

"교양 수업을 듣는데, 외국인 유학생이냐는 말을 또 들어서요."

"....들어줄게요…. 말해봐요."

내 느린 이야기를 늘 들어주는 이반에게, 내가 지금 당장 해줄 수 있는 건 이반의 이야기를 들어주는 것밖에 없었다. 나는 이반이 이야기를 꺼낼 때까지 짧은 침묵을 듣는다.

들어주겠다는 말에 울컥한 것인지 이반은 자신의 이야기를 털어 낸다.

"조별 과제 하는데 일부 조원이 시비를 거네요. 자료 조사에서 오타 난 걸 찾아내더니 그걸로 시비를 걸어요. 간단한 한국어도 틀 렸다면서요. 오타라고 해명했더니 이번엔 발음이 이상하다 시비 걸 어서 사투리라고 말했어요. 그런데 사투리가 이상하냐느니, 너 부 산 산 거 맞냐느니. 발표엔 사투리 쓰면 안 된다. 발표는 실수 없 게 한국인인 자신들이 맡는 게 맞지 않겠냐면서 그런 말을 하네 요."

"뭐…. 그런…!"

대학에 들어가서도 유치한 짓을 하는 애들이 있었다. 공격할 대 상을 찾거나 실수를 집요하게 찾아내어 괴롭히는 애들. 누군가를 짓누르면서 자신의 자존감을 채우는 애들이었다. 그들에게 있어서 혼혈인 이반은 호기심과 잘못된 결속력을 만들어주는 대상이었다.

"어릴 적 만난 못된 애들은 대화할 기회를 주지 않았어요. 혼혈 이라고 놀림당하기도 하고 러시아말 해봐라, 한국어 발음은 왜 그 렇냐 거리면서요. 대학 가면 없을 줄 알았는데, 은근 자주 그런 타 입을 만나는 걸 보니 그런 애들이 그대로 어른이 되었나 보네요.

내가 한국인인 거 뻔히 알면서."

이반은 차를 건네주며 말한다. 마음속에 덕지덕지 붙은 감정을 털어내고 싶어 하는 모습이었다.

"어른 되면 놀림 안 받을 줄 알았는데, 이번엔 국적이 어디냐, 한국인이냐, 군대 다녀왔냐며 질문이 많이 들어오네요. 한국인인데도 외모가 러시아인 같아서인지 사람들이 빨리 말하면 못 알아듣는다고 생각하나 봐요. 천천히 말하거나 어려운 단어는 쓰지 않는 등, 그냥 친구 같은 말은 잘 안 걸어줬어요."

"아…. 미…. 안해요…."

이반의 말에 내 입에서 사과가 튀어나왔다. 이반의 말에 예전에 이반을 처음 만났을 때가 생각났다. 자신을 보는 호기심 어린 시선을 경계하는 눈빛이었다.

"…선배가 미안하긴요. 그땐 오해였잖아요. 제가 더 미안하죠. 그런 일을 하도 당해서 초면에 선배에게 무례하게 대해버렸네요."

내 당혹스러운 표정을 눈치챘는지 이반이 잠시 멈칫한 후, 내 찻잔에 시선을 고정한 채로 말한다.

"선배. 말이 잘 나오지 않는다는 거…. 어때요…? 괴롭지 않아요…?"

조심스러운 이반의 말투에, 이반이 나에게 말과 관련된 조언을 구하려고 하는 게 아닌가 하는 생각이 들었다.

"…괴로워요…. 때때로 답답하다며 말을…. 끊어버릴 때도 있고…. 왜 그렇게 말을 못 하냐…. 너 한국인 맞냐…. 심지어 외국에서 살다 왔냐…. 이렇게…. 말하는 사람도 있었…. 어요…. 면접에서는…. 이거 때문에 면접 분위기도…. 안 좋아지고…. 하는 것마다…. 잘 안되니…. 자존감이 많이…. 떠…. 떨어졌어요…."

이반에게 솔직하게 대답하기로 했다. 나 또한 가슴에 응어리진 이야기를 풀어낸다. 이제 말이 트인다 싶었는데 말을 못 해 힘들었던 옛날 생각에 목이 메인다. 말을 잘하지 못해 번번이 면접장에서 지적받았던 나날들이 떠오른다. 자존감 하락의 순간과 앞으로 나아지지 않을 거란 절망감이 공존하는 공간. 떠올릴수록 숨이 막히는 기분이다.

"선배. 나 오늘 좀 힘들어서 그런데 이야기 좀 더 들어줘요."

이반은 달칵거리며 사모바르 위에 얹어진 찻주전자에서 아주 진하게 아쌈 홍차를 우린다. 아쌈의 쌉싸름한 향이 카운터 가득 메운다. 찻잔에 담은 뒤 곧 사모바르의 꼭지를 열어 끓인 물을 조금 넣는다. 진한 차를 가지고 이반은 내 옆자리에 앉는다. 그리고 쌉쌀한 아쌈 홍차를 홀짝 마신다. 차를 진하게 우리는 러시아식 홍차라는 걸 느껴지도록 찻잔 밑바닥이 보이지 않을 만큼 색깔이 짙다.

"우리 아빠가 러시아인인 건 알고 계시죠? 아빠는 외국인이라는 이유로 한국어 못한다고 생각한 사람이 많았어요."

이반의 이야기는 가족의 이야기부터 시작했다. 속에 담아둔 이야기 같았다. 나와 이반 사이에서 아쌈과 베르가못 향이 섞인 향이 난다.

"사람들은 러시아인인 아빠가 한국어를 못할 거라 생각하고는 수군거리는 사람도 있었대요. 답답하다며 말을 끊어버리는 사람들도 있어서 한동안 한국어 실력이 늘지 않은 적이 있었고요. 아빠에게는 유난히 발음이 고쳐지지 않는 말이 있는데, '어서 옷쇼'라는 말이었대요. 그런데 그거 하나만 발음이 어눌할 뿐인데……. 그래서 입을 다물어버릴 때가 많았다고 해요. 그래도 아빠가 말을 끝낼 때까지 기다려주는 엄마 덕분에 차차 말이 나오게 되었대요. 지금은 자신 있게 '어서 옷쇼'라는 말을 해요."

목말 카페에 들어온 순간 들었던 '어서 옷쇼'라는 인사말은 레프 씨가 자신감을 갖고 힘든 시기를 극복했다는 뜻이기도 했다. 이반은 홍차를 한입 후룩 마신 뒤 후우 숨을 내쉰다.

"엄마 또한 사고 이후 충격으로 말이 나오지 않았어요. 교통사고였어요. 목숨은 건졌지만, 차체에 끼여 오른쪽 다리를 잃었어요. 운동을 좋아하고 늘 밝은 분이었는데 한순간에 변해버리고 말았어요. 다리를 잃고 입원하는 동안 말없이 창밖만 바라보셨어요. 그래도 일은 마무리해야 하니 조교님이 보내준 학생 작품 데이터를 보곤 했어요. 그때 몇 학생들의 작업물을 보곤 잊고 있었던 열정이 생겨 그림을 그렸다고 했어요."

늘 밝아 보였던 교수님 또한 힘든 시기를 겪으며 말을 잃었던 시기가 있었다. 교수님이 나에게 하셨던 말이 생각났다. 내 작품을 보며 힘을 냈다는 말. 그 말이 사실이라면 나는 더욱 그림을 그리고 싶어졌다.

"예전에 엄마가 아빠를 지탱해준 것처럼. 이번엔 아빠가 엄마를 지탱해줬어요. 엄마가 말을 꺼낼 때까지, 그림을 다 그릴 때까지 옆에서 기다려줬어요. 그때쯤에 카페 이름이 '목마'에서 '목말'로 변했어요. 부모님의 뜻을 담은 카페 이름대로 나도 누군가를 지탱해주고 싶다고 느꼈어요."

카페 이름이 '목마'에서 '목말'로 변하게 된 날, 이반 또한 많은 결심을 했을 것이다.

"그리고 나도 지탱받고 싶었고요. 나는…. 털어놓을 사람이 필요했어요…. 그저…. 편견 없이 대화할 상대가 필요했어요. 아주 평범하게 대화를 하고 싶었어요…."

아무에게도 꺼내지 못했던 말이었을지도 모른다. 이 이야기를 꺼내기까지 얼마나 많은 고민을 했을까. 이반의 눈에 눈물이 맺혀있다. 나는 살짝 고개를 돌려준다.

살면서 말을 멈추게 되는 일이 많다. 대화할 상대가 없어서. 발음이 어눌하다는 이유로. 힘든 일을 겪어서.

겪은 일은 달랐지만, 이반도, 교수님도, 레프 씨도, 나도, 말을 못 하게 된 경험은 같았다. 말을 하고 싶은데, 내 의사를 표현하고 싶은데 목구멍에서 콱 막힌 듯 목소리가 나오지 않는 일에 깊은 공감이 간다.

같은 아픔을 공유하고 있다는 것에 가슴 한구석이 미어지는 느낌이 들었다. 힘든 이야기를 나에게 했다는 건 내가 이반에게 있어서 신뢰받는 대화 상대 혹은, 유일한 대화 상대일지도 모른다는 생각이 들었다.

"이반 씨. 앞으로도 힘든 일…. 있으면 털어놔요. 제가 들어줄게
요…. 경우는 다르지만…. 말을 못 한다는 거…. 터…. 털어놓을 사
람이…. 필요하다는 거…. 공감해요…. 저라도 괘…. 괜찮다면 이야
기…. 해줘요….."

나는 내가 생각한 답을 입 밖으로 낸다. 보잘것없는 내가 해줄
수 있는 건 이반의 말을 들어주는 것밖에 없었다. 하지만 이반은
'나에게 털어놔라.' 이 말을 기다리고 있었을 것이다.

"하하…. 털어내니까 시원하네요. 들어줘서 고마워요. 선배. 그동
안 말을 하고 싶은데, 말할 사람이 없었거든요."

이반은 한층 편안해진 모습이다. 나는 순간, 이반과 같은 대학
출신이라서 다행이라 생각했다. 앞으로도 할 공통된 주제의 이야기
가 잔뜩 있을 테니까.

"선배는 꿈이 뭐에요?"

대화 주제가 바뀌었다. 이반의 말에 나는 잠깐 놀란 뒤, 고민하
고 대답한다.

"작…. 가요…. 그림을…. 그리고 싶…. 어요….."

꿈을 말할 때마다 얼굴이 붉어진다. 내가 정말 되고 싶은 게 뭘
까. 내가 정말 작가가 되고 싶어 한 게 맞는 걸까? 괜히 헛된 꿈
을 꾸고 있는 게 아닐까. 하며 자신에 관해 물음을 수없이 던진다.

"선배는 서울에 안 올라가요? 다른 선배들은 다들 서울로 올라 가겠다며 준비하더라고요."

"가야…. 할지…. 고민 중…. 이에요…. 여긴 생…. 생각보다…. 일자리도 없고…."

늘 고민이었던 이야기였다. 하지만 내가 살아온 부산을 떠나고 싶진 않았다.

"그렇죠? 전, 이 부산이 좋은데 주변에서는 예술로 성공하려면 서울로 가래요. 점점 젊은이들이 서울로 올라가 버려서 보이지 않 아요. 아쉽긴 해도 그들의 선택이니까. 어쩔 수 없죠."

"….."

취업준비생인 나에게도, 대학교 4학년인 이반에게도 현실적인 고민이었다.

"….선배. 정말 부산을 떠나고 싶어요?"

이반이 묵직하게 묻는다.

"….."

나도, 이반도 살아온 고향. 부산을 떠나고 싶지 않은 건 같았다. 나는 대답 대신 조용히 고개를 가로저을 뿐이었다.

"선배도 여길 떠나고 싶진 않나 보네요. 내가 만난 이들의 대부 분은 자신들의 고향인 이 부산을 떠나고 싶어 하지 않아 했어요. 그래서 전 결심했어요. "여길 지키자." 라고요."

이반은 자신의 꿈을 이야기한다.

"선배. 아까 언뜻 이야기가 나왔었는데, 이 카페가 왜 목말 카페 인지 아세요?"

이반의 말에 예전에 수영 교수님이 말씀하신 말이 떠오른다.

「나무로 만든 말을 말하는 목마(木馬)와는 다르게 목말은 남의 어깨 위에 두 다리를 벌리고 올라타는 일 자체를 말해요. 이렇게 타는 목마요.」
「그런데 그 일 자체가 누군가를 지탱해주는 일인데, 서로 균형을 잡지 못하면 무너져 내리거든요. 레프가 그 뜻을 알고는 뜻이 좋다 며 서로 지탱해주며 살아가는 부부가 되자며 목마 뒤에 'ㄹ'과 'L' 을 넣어 카페 이름을 고쳤어요. 목마에서 목말이라고요. 목말은 이 제 레프가 좋아하는 단어 중 하나가 되었어요. 목말 안에는 목마도 같이 들어간다면서요.」

"….목마는 나무로 만든 말이고…. 목말이 서로 지탱해주는 거였 죠…? 서로 지탱해주는 그런…. 목말…. 예전에 교수님께서 말씀해 주신 적 있어요…."

"네. 맞아요. 엄마가 이 카페명의 유래에 대해 말한 적이 있나 보네요. 처음에 사람들이 목말 카페라고 하니까 오해를 했어요. 단 어 틀렸다. 목말이 아니라 목마다. 러시아인이라 잘 몰랐던 것 같 으니 얼른 고쳐라. 심지어는 "한국어 다시 배워라."라는 말까지 들 었어요. 그런데 이번엔 정말 이름값 좀 해보려고요. 선배를 보니 더욱 해보고 싶어졌어요."

"이름값…? 어떤…?"

"선배. 작가 되고 싶다고 했죠? 우리 카페에 입점할래요?"

이반은 내가 그리고 있는 스케치북을 바라보며 말한다. 갑작스러운 제안에 놀라 내 눈이 동그랗게 떠진다.

"전 이 카페를 물려받아 운영하고 싶어요. 카페 운영도 재밌고요. 카페 한 편에 엄마가 만든 작품들을 팔고 싶거든요. 그런데 그것만으로는 사실 수익이 부족하니까 다양한 작가들의 물건을 팔고 싶어요. 그리고 작은 공간이지만 누군가를 지탱해줄 수 있는 공간이 되고 싶어요. 부산에서도 예술을 할 수 있도록 예술가들을 지탱해주는 공간이요."

이반의 눈이 반짝거린다. 이반은 목소리에 희망을 가득 채우며 말을 이어나간다.

"지금은 부산을 떠난 사람들이 많지만, 누구든 돌아올 곳이 있으면 좋잖아요? 다시 돌아왔을 때 '여긴 그대로네!' 하는 말이 기분 좋더라고요. 돌고 돌아 다시 제자리로 돌아오는 회전목마처럼. 예술가들을 지탱해주는 목말처럼. 그런 장소를 만들고 싶어요. 선배는 어때요? 그런 장소가 있나요?"

이반의 말에 내 안의 목마가 잔잔하게 돌아간다.

제6화 목말과 목마

"엄마도 꿈이 작가였어요. 강의를 나가고 저 키우느라 잠시 접어둔 꿈이었지만요. 그래서 열정이 생겼을 때 작업을 했으면 좋겠어요. 이왕이면 누군가가 많이 봐줬으면 하니까 이 카페에서 전시도하고 싶어요. 전 카페와 전시공간을 함께 하고 싶어요. 제 카페가아니라서 뜯어고치고 이러려면 허락을 받아야 하지만요. 앗. 잔이비었네요. 선배. 홍차 더 마실래요?"

이반은 바닥이 보이는 내 찻잔을 흘긋 바라본 뒤 일어서며 자신의 꿈을 이야기한다.

"선배. 저는 취업 대신 여길 운영하고 싶어요. 부모님의 추억이잔뜩 있는 이곳을 계속 이어서 운영하고 싶어요. 그리고 꾸준히 발전시켜서 전시할 곳 없는 작가들에게 장소도 제공해주고 싶어요.전 그림을 좋아하거든요. 더군다나 지방엔 예술 공간이 부족하잖아요. 전시하고 싶은 사람은 많은데 공간의 수는 못 따라가요. 그래서 저는 지방에서 예술 활동을 하는 사람들에게 작게나마 도움을 주고 싶어요."

단순히 취업 대신 부모가 만든 카페를 쉽게 물려받아 운영한다는 계획이 아니었다. 누군가를 지탱해주는 '목말'이라는 단어처럼 이 카페에서 예술가들을 지탱해주는 취지는 좋았다. 하지만 '목말을 태워주는 사람은?'이라는 생각이 들자 나도 모르게 고개를 들어 사모바르에 장작을 넣는 이반을 바라본다.

"그럼…. 이반 씨는요? 이반 씨는…. 그림…. 안 그리고 싶어요? 미…. 미술을 하고 싶어서……. 미술 대…. 대학에 온 게 아닌가요…?"

장작을 넣는 이반의 손이 멈췄다. 나는 내 오지랖에 아차 싶었다.

"네. 맞아요. 처음엔 디자인을 하고 싶어서 시각디자인으로 진학했어요. 그런데…. 대학은 그림을 외워서 그렸던 입시 때 하고는 많이 다르네요…."

이반은 멈췄던 손을 다시 움직이며 말한다.

"선배. 전 그림은 좋아하는데 그림을…. 못 그려서요…. 대학에 들어온 이후 실력한계를 느껴버렸어요. 모두 앞서가는 데 나만 노력해도 제자리였어요. 그래서 그림을 안 그린 지 오래됐어요. 대학와서 알았는데, 저에겐 디자인 감각이 없었거든요."

이반은 씁쓸한 웃음을 지으며 대답했다. 좋아하지만 실력한계를 느낀다는 이반의 솔직한 대답에 아무 말도 할 수 없었다.

잠깐 침묵하던 이반은 물이 사모바르에서 물이 끓자 찻잎을 꺼내 차를 끓인다. 고요한 카페에서 달그락거리는 소리와 함께 진하고 쌉싸름한 아쌈 홍차의 향이 난다.

이반과 나의 모교 P 대학교 디자인학부의 졸업생 중 전공대로 길을 가는 사람은 드물었다. 그 배경엔 다양한 이유가 있었다. 자신의 전공은 취업이 되지 않아서, 전공에 흥미가 떨어져서, 그리고 '자신의 실력에 한계를 느껴서.'

목말은 키가 작은 사람이 더 높이 볼 수 있도록 누군가가 태워 줘야 한다. 하지만 높은 경치를 볼 수 있는 탄 사람과는 다르게, 태워주는 사람은 경치를 볼 수 없다. 지탱이라고 하지만 태워준 사람은 경치를 볼 수 없는 '목말.'

'하지만 예술가를 지탱해주는 게 이 목말 카페라면…. 이반은 경치를 볼 수 없는 거잖아…….'

생각이 많아진다. 선후배라고 해도 내가 감히 인생 조언 같은 걸 해줄 위치는 되지 않는다. 내 존재가 너무 작게 느껴졌다. 더군다나 이반과 나의 관계는 완벽한 타인이었다.

"...전 괜찮아요. 선배."

내 마음이 읽히기라도 했는지 이반은 홍차 한 모금을 마시며 말한다. 짧은 말 속에 아쌈 홍차의 쓸쓸한 향이 배어있다.

미술 대학을 다니며 느꼈던 것이 있다. 자신의 한계를 알아간다는 두려움이었다. 작게는 대학 안에서, 크게는 이 부산에서. 대한민국에서. 전 세계에서. 자신이 보잘것없는 실력이란 걸 아는 것이 너무 비참했다. 거칠지만 무언가 만들 수 없는 나의 손재주가 이력서에 쓸 수 없는 것처럼.

"선배. 저는 그림을 못 그리는 저 대신 다른 작가들이 많은 그림을 그려줬으면 좋겠어요."

"이반 씨…. 저에게 입…. 입점…. 제안한…. 이유는 뭔가요…?"

나는 조심스럽게 이반에게 묻는다. 교수님이 나에 대해 칭찬을 했다고는 하나, 그게 진심인지 솔직히 모르겠다.

나는 실력도 특출나지 않고 오랫동안 그림을 제대로 그린 적이 없다. 어쩌면 갈 곳 없이 카페 구석에서 매일 그림을 그리는 불쌍한 취업준비생을 동정하는 것일지도 모른다.

좋은 기회지만 그저 동정심이라면 거절하고 다른 작가들에게 기회가 돌아가야 한다는 생각이 들었다.

"선배. 최근에 완성작들을 그린 적 없죠?"

이반이 내 스케치북을 바라보며 이야기한다. 완성작이 없다는 말은 정확했다. 여유는 생겼지만, 마음 한구석 떨쳐내지 못한 불안감 때문에 내 스케치북은 그리다 만 페이지만 가득했다.

"이…. 이건…."

변명할 거리도 생각나지 않는다. 포트폴리오를 그려야 한다고 생각은 하고 있지만, 최근엔 완성까지 제대로 간 적이 없었다. 어떤 그림을 그려야 할지 모르는 혼란과 내가 그리고 싶은 그림을 그리기보단 회사에서 원하는 그림을 그려야 한다는 압박감 때문이었다.

"선배. 입점 제안과는 별개로, 목마 그림 하나만 그려줄 수 있어요? 크기는 음…. A4 크기로요. 카페에 그림 하나 걸고 싶거든요. 그림 도구는 제가 빌려줄 수 있어요. 그리고 그림값은-."

이반이 말을 하는 동안 내 눈에 그리다 만 스케치들이 보인다. 완성작이 없다는 말에 살짝 오기가 생겼다. 이대로 멈춰있긴 싫었다. 그림을 그리고 싶어졌다. 완성하고 싶어졌다.

"돈 말고…. 그…. 그림값으로…. 러시아식 홍차……. 로 해줘요!"
"....네?"

내 입에서 불쑥 제안이 하나 나온다. 그림값으로 러시아식 홍차라니. 내 제안이 갑작스러웠는지 잠깐 이반이 당황한 표정으로 고민한다.

"...진짜요? 돈 안 받고요?"
"네! 호…. 홍차로 해줘요…!"
"...그럼 러시아식 홍차 30번 무료 어때요? 디저트도 포함해서. 카페 안에 작업공간 있으니 여기서 그려도 되고요. 쿠폰도, 그림 이야기도 엄마에게는 비밀이니까 내가 출근하는 날만 쿠폰이랑 작업

공간 제공해줄 수 있어요."

　30번의 홍차와 디저트, 그리고 작업공간 제공이라니. 갈 곳 없는 나에겐 괜찮은 제안이었다. 더군다나 무명작가나 다름없는 내가 그림값으로 얼마를 받아야 할지 생각이 나지 않았다. 그렇다고 취준생인 내가 무료로 그림을 그려줄 형편은 되지 않았다. 나는 이반이 마음이 변할까 봐 얼른 고개를 끄덕거린다.

　"그럼 선배. 입점 제안은 천천히 생각해봐요. 저도 준비해서 다시 제안 드릴게요. 그림 기한은 한 달이면 될까요?"
　"네! 여……. 열심히 그려볼게요…!"

　이반은 '러시아식 홍차'라고 적힌 하늘색 쿠폰 30장을 챙겨준다. 쿠폰을 받은 이상 그림을 완성하고 싶어졌다. 순식간에 휘몰아치듯 새로운 일이 시작되었다.

　이반이 신신당부한 대로 쿠폰으로 마실 때는 이반이 근무하고 있는 날만 찾아갔다. 여전히 손님은 적어 조용하다. 이반이 만들어준 홍차를 마시며 구상을 하고 스케치를 한다. 내가 스케치를 하고 있으면 가끔 이반이 쿠키를 구워 와서 시식을 시킨다. 허브 쿠키, 커피 쿠키, 홍차 쿠키 다양한 쿠키가 만들어진다. 그리고 내 반응을 보며 열심히 메모한다. 진한 홍차의 향과 달콤한 쿠키를 먹으며 내가 어떤 것을 그릴지, 이 카페에 어떤 그림이 어울릴지 고민을 해본다.

처음엔 주저하던 손이 움직인다. 목마를 그리기 위해 카페 안에 장식된 목마들을 감상한다. 이제 익숙해졌다고 생각된 카페지만, 제대로 보니 구석구석에 내가 미처 발견 못 한 장식품들이 보인다.

오래되었는지 색이 바래버린 목마, 회전목마 장식의 오르골, 오뚜기처럼 흔들거리는 목마를 바라보며 스케치를 몇 개씩 그려본다. 손님이 없는 날엔 이반은 무언가 구상하고 있는지 줄자와 종이를 들고 끄적거리며 메모를 한다. 공간 재구성 계획을 세우는 것 같다.

달콤한 냄새가 난다 싶으면 내 자리에 큼직한 과육이 가득한 과일잼 그릇이 놓였다. 이반에게 서비스받을 때마다 꼼꼼하게 메뉴에 대해 피드백해준다.

형태를 잡는 스케치를 하면 할수록 마음속 의문은 증폭된다. 카페에 전시공간을 넣어 수익 창출을 위한다고는 해도 미대를 나와 그림을 그리지 않는 이반의 생각이 궁금해졌다. 그림을 못 그려도 그림을 그릴 수 있다. 하지만 이반은 과제 할 때 외엔 그림을 그리지 않았다.

'예술을 하다가 포기하면 다시는 그 분야에 손을 대기 싫어진대.'

누군가가 나에게 지나가는 말로 한 소리가 생각났다. 내 주변에서도 그렇게 예술 쪽의 진로를 포기한 사람이 한둘씩 늘어났다. '그림이 싫어서', '다른 길로 가고 싶어서.'라는 이유가 많았다. 하지만 이반은 아직 그림이 좋다고 했다. 정말 이대로 괜찮은 것인지 걱정이 되었다.

"이반 씨…. 그…. 그림을 그리지 못하는 자신…. 대신 예술가들을 위한 고…. 공간을 만든다는 건 예술가들에게 더…. 높은 곳을 보여주기 위…. 위해 희생하는 거…. 에요? 정말…. 그걸로 괘…. 괜찮은 거예요?"

나는 결국 참지 못하고 이반에게 묻는다. 이반의 그림을 본 적 없지만, 미대를 나온 뒤 자신이 그림을 그리지 못한다는 걸 인정하기까지 얼마나 많은 시간이 흘렀을까. 나는 이반의 목적이 궁금했다. 이반은 대답을 바로 하는 대신 홍차 한 모금 마신다. 찻잔에서 나오는 수증기에 눈이 촉촉하게 변한 것 같다.

"미안해…. 요…."

눈물이 떨어질 것 같은 이반의 눈을 보며 나는 자그마한 목소리로 사과를 한다.

"....선배. 목말 타본 적 있어요?"

꿀꺽. 홍차 한 모금 삼킨 이반이 묻는다. 뜬금없었지만 아주 어릴 적 아빠가 목말을 태워준 적이 있었기 때문에 고개를 끄덕였다.

"그럼 회전목마는요?"
"탄 적 있어요…."
"그럼 제가 왜 이런 일을 하는지 맞춰봐요. 맞추면 이번에 새로 만들 예정인 홍차 쿠키 서비스 줄게요. 힌트! 목말과 목마!"

이반은 장난스럽게 웃으며 말한다. 궁금했다. 목말과 목마에 답이 숨겨져 있는 걸까.

답이 궁금해진 나는 카페 구석구석에 장식된 목마를 보며 그림을 그려본다.

'목마와 목말…. 목마는 회전목마가 보통이고, 목말은….'

목마를 스케치하고 그 귀퉁이에 목말을 탄 부녀의 모습을 그려본다. 그리면 그릴수록 어릴 적의 내 모습이 스며든다.

놀이동산에서 회전목마를 타면 늘 같은 곳에 돌아오는데도 지나가는 그 풍경이 좋아 두근거렸다. 한 바퀴 돌 때마다 부모님은 나에게 손을 흔들어주었다. 풍경이 지나고 지나도 출발한 장소에 도착하는 회전목마. 출발지이자 도착지에 도달하여 부모님에게 손을 흔들면 안도감이 들곤 했다.

어릴 적의 나는 아빠가 가끔 목말을 태워줬다. 그럼 나는 재잘거리며 아빠에게 내가 본 것을 얘기해주곤 했다. 나보다 눈높이가 낮아 보지 못해도 아빠는 내 이야기를 들으며 공감을 하고 웃음 지었다.

"어……. 설마….."

그림을 그리던 손이 멈췄다. 이반의 목적에 대한 답을 찾는 것 같다.

"이반 씨…!"

나는 그림을 그리다 말고 접시를 닦던 이반을 부른다.

"모…. 목말은 키가 작은 사람이…. 좀 더 높이…. 볼 수 있도록 태워주는 거…. 잖아요? 그럼 아래에 있는 사람은요…? 그 사람은…. 경치를 못 보…. 보…. 지 않나요…? 다…. 답이 궁금해요…! 아…. 알려주세요!"

답은 알고 있었다. 알아낸 답이 입 밖으로 나갈 것 같지만 직접 이반의 입으로 듣고 싶었다.

"….같은 눈높이로 볼 수는 없지만 들을 수는 있잖아요?"

이반은 부드러운 웃음을 지으며 대답했다. 이반의 대답을 듣자마자 가슴이 뛰었다.

"제가 못 보는 대신, 위의 사람이 이야기해주잖아요. 그럼 같은 경험을 공유하니까요. 전 그걸로 만족해요. 저 대신 누군가가 그림을 그려주고 예술에 관해 대화할 수 있게 되는 것만으로도 즐거워져요. 전 예술을 좋아하니까요. 아쉽게도 못 맞췄네요. 홍차 쿠키는 다음에 구워줄게요."

내가 생각한 것이 맞았다. '서로 지탱하는 관계.' 이반은 목말을 태워 갈 곳 없는 예술가들에게 높은 곳을 보여주고 싶었다. 그렇게 자신이 못 가는 길을 대신 누군가와 함께 가고자 했다.
이반은 같은 눈높이로는 보지 못해도 함께. 예술의 길을 걸어가고자 생각했다.

홍차 쿠키는 못 먹게 되었지만, 답을 찾게 되어 기분이 좋아졌다. 이반의 뜻을 알고 나니 나 또한 의지가 생겼다. 그리고 싶다. 이렇게 날 도와주는 사람이 생긴다면 그림을 더욱 그리고 싶다. 높이 올라가게 된다면 그 경험을 공유해주고 싶다. 날 지탱해주는 사람과 함께.

천천히 베르가못 홍차 향이 퍼진다.

"이반 씨."

나는 다시 이반을 부른다.

"저 이…. 입점할게요! 이 목마 그림…. 다 그리고…. 또 그림….

그릴 거에요…! 계속…. ㄲ…. 끊임없이…. 그릴 거에요…!"

나는 이반의 입점 제안을 받아들이기로 했다. 내가 이 일을 시작으로 어디까지 높이 올라갈 수 있을지는 모른다. 하지만 이렇게 올라갈 기회가 생긴다면 시도하고 싶다. 내 그림을 팔아보고 싶다.

내 말에 이반은 환하게 웃는다.

내 말을 들은 이반은 자신의 노트를 보여준다. 내 그림이 완성되면 어디에 걸 건지, 입점 작가가 생기면 어디에서 상품을 판매할 것인지, 입점 수수료는 어떻게 정산할 것인지, 어떻게 카페를 운영할 것인지 빼곡하게 적혀 있다.

돌고 돌아 다시 제자리로 돌아오는 회전목마처럼 난 다시 출발해보기로 한다.
누군가를 지탱해주는 목말처럼 이 목말 카페에서 도움을 받고, 나도 도움을 주기로 한다.

얼마 지나지 않아 목말 카페 한 쪽에 목마 그림의 일러스트 엽서들을 판매하기 시작했다. 아직 햇병아리 작가지만 목말 카페 첫 번째 입점 작가로서 한발 딛게 되었다.

제7화 에필로그

「부산의 어느 대학가 골목에서 조금 벗어난 곳에 있는 목말 카페는 오늘도 러시아식 홍차를 만듭니다. 지나가다가 어디선가 진한 홍차 냄새가 나면 꼭 들려주세요. 그곳에서 기다릴게요.」

「돌고 돌아 다시 제자리로 돌아오는 회전목마처럼 제자리에서 기다릴게요.」

「누군가를 지탱해주는 목말처럼 이야기를 들어줄게요.」

한겨울에도 눈이 내리지 않는 부산이지만, 바람이 차가운 겨울이 다가옵니다. 이 작은 카페, 목말 카페 안에 작은 판매대가 생겼어요. 판매대에는 엽서를 비롯한 소품들을 팔고 있습니다. 아기자기한 카페 원래 분위기와 맞게 작가들의 개성이 가득한 일러스트들이 눈에 들어와요. 추후 전시를 위해 조명과 그림을 걸 레일을 달았어요. 러시아의 간이별장 '다차'처럼 보이던 공간에 그림이 하나둘 걸려지면서 분위기가 더 밝게 변했습니다. 제가 그린 목마 그림도 걸려있어요. 목말 카페에 방문하게 된다면 카운터 근처에 걸려있는 제 목마 그림을 감상해주세요. 제가 그린 목마 그림은 다른 목마 장식품들과 함께 전시되어있어요. 이반 씨가 교수님에게 비밀이라고 했는데, 알고 보니 생일 축하 선물이었어요. 선물을 받은 교수님께선 아주 기뻐해 주셨어요.

이반 씨의 적극적인 계획으로 이제 본격적인 예술 공간으로서의 출발입니다. 전시 카페로 바뀐 뒤 입소문으로 부산의 예술가들이 많이 모이게 되었습니다. 부산뿐만 아니라 여러 지역에서도요. 작가 손님들도 많은지 카페 한구석에서 그림을 그리거나 글을 쓰는 손님들도 보여요. 다들 여기서 영감을 듬뿍 받아 가셨으면 좋겠어요.

목말 카페에서 15분 남짓 걸으면 바닷가여서인지 관광객들도 가끔 찾아와요. 예전보다 손님들이 더 많이 붐비는 기분입니다. 손님 중에서는 외국인 손님도, 다른 지역에서 다시 부산으로 돌아온 사람도, 저와 이반 씨의 모교 P 대학 출신 손님들도 많아요.

언제나 이 자리에서 기다릴게요. 회전목마처럼 돌고 돌아 이곳에 다시 오게 되면 손 흔들어주세요. 환영합니다.

목말 카페의 시그니쳐 메뉴는 '러시아식 홍차'입니다. 러시아식 찻주전자인 사모바르에 불을 때고 차를 우릴 때까지는 오래 걸리지만, 여유를 갖고 기다리다 보면 정신이 번쩍 들 만큼 진한 홍차가 완성돼요. 진한 홍차와 함께 수영 교수님의 친정 과수원 과일로 만든 수제 과일잼도 함께 제공됩니다. 과일잼이나 쿠키와 함께 먹으면 기분 좋은 여유를 만끽할 수 있어요. 사모바르는 레프 씨가 기분 좋을 때마다 바뀌는데, 운이 좋으면 박물관에 있는 예술품 도자기 같은 멋진 사모바르를 구경할 수 있어요.

입점 작가들에게는 입점 기간 동안 특별한 혜택이 있어요. 바로 러시아식 홍차 10번 무료입니다. 전 요즘 이반이 만드는 러시아 홍차를 마시러 가곤 합니다. 가끔 홍차를 직접 블렌딩해서 시음을 시켜요. 어떤 날엔 떫은맛이 가득한 홍차가, 어떤 날엔 기분 좋은 꽃향기가 나는 홍차가 나와요. 홍차의 종류가 이렇게 많을 줄 몰랐어요. 이반 씨는 저에게 시음을 시켜놓고 제 반응을 보며 메뉴 연구를 하는지 열심히 메모하고 있습니다. 다음엔 밀크티를 시음시켜보겠다고 합니다. 저는 좋지만요.

이반 씨가 졸업반이라 바쁜 줄 알았는데, 마지막 학기 휴학 중이라네요. 휴학 후 열심히 일하는 이반 씨를 보며 나도 열심히 살아야겠다는 다짐이 생깁니다. 이반 씨는 수영 교수님께 드릴 새 휠체어도 샀으니 이젠 카페 아르바이트로 받는 용돈들을 모아 러시아로 여행을 가볼 예정이라고 합니다.

이반은 여전히 그림을 그리진 않지만 그림에 관한 이야기는 자주 해요. 어떤 작가의 그림이 좋은지, 어떤 색채가 좋은지, 다음엔 어떤 작가를 컨택할건지 이야기하는 이반을 보면 정말 그림을 좋아한다고 생각이 들어요. 제가 목말 카페를 찾는 일이 많아질수록 자연스럽게 저와 대화 상대가 되어주고 있어요. 그래서일까요? 더듬거리는 것도, 떠는 것도 많이 줄어들었어요. 무엇이든 열심히 하는 이반 씨를 보며 자극을 받아 저도 그림을 많이 그리게 되었습니다. 이반 씨에게 피드백도 받으면서요.

언젠가 저도 그림이 많이 모이면 목말 카페에서 전시하고 싶어요.

그림 외에도 많은 대화를 하며 다양한 의견을 교환하기도, 서로의 새로운 생각을 알아가기도 합니다.

자신의 취향에 맞춰 홍차를 마시다 보면 내가 뜨거운 홍차를 좋아하는지, 진한 홍차를 좋아하는지, 연한 홍차를 좋아하는지. 그저 홍차만을 좋아하는지, 혹은 무언가를 곁들여 먹어야 하는지까지 나의 취향에 대해서 한 번 더 고민해요. 아직 빙하기나 다름없는 취업 준비로 바쁘지만 저는 이 시간이 아깝지 않아요. 추운 겨울이 지나면 다시 따뜻한 봄이 오니까요.

수영 교수님은 다시 강의를 나가기 시작하셨어요. 다리는 불편하지만, 재활 치료를 열심히 받고 계세요. 다행히 이반이 사준 전동 휠체어로 더 멀리 갈 수 있게 되었어요. 늘 곁에 있어 주는 레프 씨 덕분에 예전의 쾌활한 성격으로 완전하게 돌아오신 것 같아 기뻐요. 주변에서도 도움을 주는 사람이 많아 힘을 내고 계세요. 교수님이 강의하시는 P 대학에서도 교수님을 포함한 다리가 불편한 학우들을 위해 시설을 수리하고 있다고 합니다. 앞으로도 많은 변화가 있을 거예요. 다리가 불편한 대신 강의 수는 줄였지만, 남는 시간에 그림을 잔뜩 그리고 계세요. 곧 목말 카페에서 개인 전시회가 있을 예정이라고 하니 기대됩니다.

대학에서 러시아어를 강의하는 레프 씨는 최근 독서 모임을 하고 있어요. 레프 씨가 책을 좋아하는 줄 몰랐는데, 러시아어로도, 한국어로도 책을 많이 읽었다고 합니다. 레프 씨의 모국 러시아는 톨스토이, 도스토옙스키와 같이 대문호를 배출한 국가이기 때문에 문학 이야기가 즐겁다고 합니다. 레프 씨가 참여하는 독서 모임은 한국과 러시아 문화 교류의 장이 되기도 해서 즐겁게 취미생활을 하고 있어요.

저는 요즘 그림을 그리고 있어요. '목마'와 '목말' 이 두 단어를 보며 떠오르는 영감을 계속 스케치하고 있습니다. 취업 준비와 작가 데뷔를 위한 공모전 동시에 진행하고 있어서 몸은 힘들지만, 손이 계속 움직여서 기뻐요. 적은 금액이지만 입점한 후 작품판매로 수익이 생겨 어깨가 조금 가벼워진 기분입니다.

어깨 위에 두 다리를 벌리고 올라타는 '목말'이라는 단어처럼 저는 이 목말 카페의 도움을 받아 제 꿈에 한 발짝 가까이 가게 되었습니다. 저도 언젠가 목말 카페에 도움이 되었으면 좋겠어요.

긴말을 하지 못했던 내가 연습하고 있는 말이 있어요. 쑥스럽지만 언젠가 교수님, 레프 씨, 그리고 이반 씨에게 전해주고 싶어요.

"목말 카페에서 러시아식 홍차를 먹게 된 건 저에게 큰 행운이었어요."

작가 후기

먼저, 제 글을 읽어주셔서 감사합니다.

전 홍차를 좋아합니다. 이번 글을 적으며 좋아하는 홍차를 잔뜩 먹었습니다. 특히 작중 여주인공 수영과 마찬가지로 얼그레이 홍차를 좋아하는데, 작업할 때마다 진하게 우려 마시기도 합니다.

이 글을 쓰는 현재 겨울입니다. 따뜻한 봄날을 기다리며 글을 마무리해봅니다.

감사합니다. 더욱 발전된 모습으로 찾아뵙겠습니다.

-임영아 작가 올림-